WOLF GIRL

Illustrations de couverture : Jeremy Ley

Édition originale publiée en 2019
sous le titre *Wolf Girl – Into The Wild*
par Allen & Unwin (Australie).

57, rue Gaston Tessier, 75019 Paris.
ISBN : 978-2-7324-9669-6

Mise en page : Nelson Gonçalves

www.editionsdelamartiniere.fr

Conforme à la loi n° 49-956 du 16 juillet 1949 sur les publications
destinées à la jeunesse.

ANH DO

WOLF GIRL

LA VIE SAUVAGE

Illustré par Jeremy Ley

Traduit de l'anglais (Australie)
par Christophe ROSSON

La Martinière j. FICTION

À Summer, Leon, Luc et Xavier, ainsi qu'à Ben et Freddie, des gamins sensass
Anh

À Tess
L'aventure malgré l'adversité.
Ton partenaire d'aventure qui t'aime
Jem

1

EN PLEINE NUIT

– Gwen, réveille-toi ! a crié maman en me secouant trop fort. Vite !

Je me suis retenue de crier à mon tour. Peut-être parce que je sentais la peur dans sa voix.

– Nous devons partir, m'a-t-elle expliqué. Ils arrivent !

Je me suis levée d'un bond et je me suis habillée sans réfléchir. Il faisait encore nuit mais tout le monde était debout. Dehors, j'entendais les cris des voisins, les klaxons, les pleurs.

J'ai retrouvé maman dans la cuisine, où elle était en train de vider mon sac par terre. Ma trousse s'est ouverte, son contenu a valsé, mais maman s'en moquait. Moi, j'étais trop terrorisée pour me plaindre.

Ensuite, elle a rempli mon sac de provisions. Papa, lui, sortait deux valises bourrées à craquer.

– Apporte ça à ton père, m'a ordonné maman en me rendant mon sac.

J'ai couru jusqu'à papa qui chargeait les valises dans la voiture. Je lui ai passé mon sac ; il l'a calé dans le coffre au-dessus d'un tas de bagages.

– Reste calme, m'a-t-il conseillé.

Pourtant, il n'avait pas l'air bien calme, lui…

Il s'est tourné vers la maison

– Plus vite, allez… a-t-il marmonné. Une voiture a doublé une fourgonnette en klaxonnant.

Maman et Kate, ma grande sœur, sont sorties de la maison au pas de course. Maman n'a même pas fermé à clé…

– En voiture, tout le monde ! a lancé papa.

On est montées et il a démarré.

Il faisait encore nuit, mais on s'est retrouvés dans un bouchon. Toutes les autres voitures étaient remplies de gens et de bagages. Des enfants de tous âges regardaient par les vitres, comme s'ils partaient en vacances ensemble. Sauf que personne ne souriait.

On a roulé comme ça pendant un moment qui m'a paru très long. Puis la route s'est engagée dans une forêt d'arbres lugubres.

– On va où, maman ? ai-je fini par demander.

– Essayez de vous reposer, les filles, m'a-t-elle répondu d'une voix tremblante. Dormez un peu.

– Mais pourquoi on part comme ça ? l'a relancée Kate.

Kate venait de fêter ses onze ans ; elle avait toujours été d'une nature curieuse.

Maman ne lui a pas répondu.

J'ai interrogé ma sœur du regard ; elle a haussé les épaules.

– On peut jouer au baccalauréat ? a-t-elle proposé tout de suite après.

– Pas maintenant, Kate, a décidé maman.

Ouf… Je détestais ce jeu. La dernière fois qu'on y avait joué, j'avais bloqué sur le nom de pays commençant par un G. J'avais pensé à Gabon mais je me demandais si ce n'était pas plutôt une ville.

Bref, au bout d'un moment, papa m'avait dit : « Gwen, ma puce, tu dois apprendre à écouter tes instincts. » C'était sa grande obsession : « Écoute tes instincts. »

Mais là, derrière son volant, je lui trouvais l'air pas trop rassuré.

Kate a dû avoir la même impression car elle n'a plus posé la moindre question. On a donc roulé comme ça, en silence, pendant des heures sur cette route de forêt qui semblait ne jamais finir.

Dehors, des arbres à perte de vue.

Et tout à coup, au loin, une explosion a retenti.

– C’était quoi ? ai-je demandé.

Maman s’est tournée vers papa.

Il y a eu une nouvelle explosion. Un peu plus puissante que la première.

Papa a écrasé le champignon.

– Tu vas trop vite ! a lâché Kate, paniquée.

– Ça va, chut ! a répliqué sèchement papa.

Son énervement ne nous a pas rassurées. D’habitude, papa est toujours super calme.

Quelques secondes plus tard, il s’est tourné vers Kate.

– Excuse-moi, ma grande, mais on va devoir…

KLANG!

On venait de percuter le camion qui nous précédait.

Ma tête a heurté le dossier du siège de papa. Maman a crié et Kate s'est mise à pleurer.

– Personne n'a rien ? a demandé papa d'une voix rauque.

Il s'est tourné vers nous et on a toutes les deux secoué la tête.

Il devait y avoir une centaine de voitures devant nous sur cette route de montagne. Toutes étaient arrêtées.

– On aurait dû partir plus tôt ! s'est lamentée maman, le teint blême.

On a alors entendu une série de crépitements tonitruants.

– On descend, vite ! a ordonné papa.

Kate et moi, on s'est figées. Qu'est-ce qu'on allait devenir ? À travers le pare-brise fissuré, je fixais la grande lune bleue dessinée sur l'arrière du camion qu'on avait embouti.

Maman, elle aussi, est restée immobile et silencieuse. Papa, lui, a foncé sortir nos affaires du coffre.

Les crépitements se sont encore intensifiés.

Maman s'est tournée vers nous, la figure toute rouge et baignée de larmes.

– Mes puces, a-t-elle dit. Maman vous aime. Vous m'écoutez ?

Elle m'a secoué l'épaule.

– Écoute-moi, Gwen ! Vous allez devoir courir. Papa et moi, on vous suivra, mais vous devrez foncer sans vous retourner. Vous ne vous arrêterez sous aucun prétexte, même si on est séparés. C'est bien compris ?

Kate et moi, on était pétrifiées.

– C'est bien compris, les filles ?! a crié maman. Promettez-le ! Promettez que vous ne vous arrêterez pas !

– D'accord ! ai-je répondu.

Au même instant, papa a ouvert la portière et nous a forcées à descendre. Il nous a fourré nos sacs dans les bras et nous a poussées dans le dos.

– On fonce ! a-t-il ajouté.

Alors on a filé.

Les autres familles faisaient comme nous. Les gens descendaient de voiture, prenaient ce qu'ils pouvaient emporter et s'enfuyaient à travers le pré qui séparait la route des arbres.

Tout en courant, j'ai jeté un coup d'œil par-dessus mon épaule : papa trimballait les deux lourdes valises, maman plaquait d'une main un sac contre sa poitrine et tenait Kate de l'autre.

Le pré était couvert de trèfles. L'espace d'un instant, je me suis demandé s'il y en avait à quatre feuilles…

Quand soudain, il y a eu ce bruit strident.

WIIIIIIIIIIIIIII !

Un bruit qui augmentait à mesure que l'ombre d'un avion passait sur nous.

Et tout à coup…

BOOOOOOOOOOOOOOO

OOOOOOOOOMMMMMM!

Une explosion gigantesque nous a tous couchés par terre. De la fumée a empli l'air.

– **COUREZ !** a hurlé papa en essayant de se relever.

Maman aidait Kate à en faire autant.

– **COURS, GWEN !** Ne t'arrête pas ! Tu as promis ! **Cours !**

D'instinct, j'ai repris ma course.

Un regard derrière moi pour voir si mes parents et ma sœur me suivaient… mais la fumée était trop épaisse. J'aurais voulu m'arrêter et revenir sur mes pas, mais les paroles de maman me hantaient : Ne t'arrête pas ! Une force me poussait à obéir. Peut-être le fameux instinct que papa m'encourageait à écouter ?

Alors j'ai continué à courir.

À courir comme une folle. En sautant par-dessus les bosses à travers la fumée épaisse.

D'habitude, j'adorais courir. Toute petite déjà, je passais des heures à sprinter dans les champs derrière chez nous, entre les vaches et les chevaux. Des fois, même, j'allais courir dans les bois avec papa. C'était un bon coureur… et j'aimais trop qu'il me laisse gagner !

De drôles de bruits me parvenaient à travers la fumée. Des pleurs.

Arrivée à la lisière de la forêt, je me suis enfoncée parmi les arbres. Ma manche s'est accrochée à une branche ; j'ai tiré et elle a cassé.

J'ai dû ralentir quand la lumière de la route a disparu. J'avançais dans le noir, maintenant.

J'avais l'impression que les arbres grandissaient tout autour de moi ; je me sentais minuscule. Pourtant, je courais toujours, poussée par la promesse faite à maman et les explosions qui retentissaient encore derrière moi.

Puis, peu à peu, ces bruits ont fini par s'estomper.

Et moi, je commençais à fatiguer.

À m'épuiser, même.

Quand je courais avec papa, il m'expliquait toujours qu'il faut respirer profondément quand on est à bout de forces. « Inspire, expire, inspire, expire, répétait-il. Et regarde bien où tu mets les pieds. »

J'ignore combien de temps j'ai couru encore, mais ses paroles résonnaient dans ma tête à chaque foulée. J'avais l'impression d'avoir couru pendant des heures quand, soudain, j'ai senti que mes mains tremblaient.

Ma tête s'est mise à tourner…

C'est alors que j'ai glissé et que mon crâne a heurté un rocher.

2

PERDUE

Quand j'ai repris connaissance, il faisait nuit noire. Combien de temps étais-je restée inconsciente ? Quelques heures ? Davantage ? Je me suis tâté le crâne et, à la lueur du clair de lune qui filtrait entre les branches, j'ai découvert que mes doigts étaient pleins de sang.

Où étaient passés mes parents ? Et ma sœur ?

– MAMAAAAN ! PAPAAA !

ai-je hurlé. Mamaaan ! Papaaa !

Ça m'a fait tousser si fort, à force, que j'en ai eu mal à la gorge. Pourtant, j'ai continué à crier tant que j'ai pu.

– MAMAAAN…

« Quelle est la première chose à faire quand on a couru ? » me demandait toujours papa.

« Boire beaucoup d'eau », je lui répondais.

Il fallait que je boive.

J'ai ouvert mon sac. Des biscuits. Du fromage. Du bœuf séché… beurk !

J'ai fouillé la poche latérale en croisant les doigts. Maman avait oublié de la vider et j'y ai trouvé un taille-crayon, deux gommes, des feutres et même ma paire de ciseaux préférée – le modèle Winnie l'Ourson… mais pas une goutte d'eau.

Où pourrais-je en trouver ?

Autour de moi, je ne voyais que des arbres. D'immenses arbres et, au-delà, un ciel violet qui commençait à rosir. La lune brillait encore mais on sentait que l'aube approchait.

Je me suis levée tout doucement et je me suis tâtée partout. J'avais les bras et les jambes tout griffés et douloureux ; ma tête me faisait mal, mais, à part ça, tout allait bien. Étais-je tirée d'affaire ? J'allais peut-être trouver des gens dans les parages ?

Quelle direction prendre ? Où trouver de l'eau ?

J'ai essayé de repérer le chemin par lequel j'étais arrivée. Hélas, partout où mon regard se portait, tout se ressemblait. La seule idée qui m'est venue a été de suivre les chants des oiseaux.

Plus j'avançais, plus les arbres devenaient imposants et la forêt dense. Le ciel virait à l'orange vif.

Et toujours pas une goutte d'eau.

Quand tout à coup, mon bras a rencontré une surface humide. Les grandes feuilles des arbres, ici, étaient nappées de rosée.

Je n'avais qu'à lécher les gouttelettes.

Slurp, slurp. Slurp, slurp.

Et puis j'ai eu l'idée de plier les feuilles pour faire couler la rosée sur ma langue. C'était bizarre mais je m'y suis faite. J'avais toujours soif mais, au moins, ma bouche n'était plus aussi sèche.

Très vite, hélas ! le soleil a réchauffé l'atmosphère et les gouttes de rosée se sont évaporées.

Mes parents me manquaient plus que jamais.

– MAMAAAAAAN !

PAPAAAA !

KAAAAATE !

Ils devaient se faire un sang d'encre, sans nouvelles de moi.

J'ai voulu sortir mon médaillon de sous mon tee-shirt.

Avant que la guerre n'éclate, papa nous en avait offert un identique à chacune : ma mère, ma sœur et moi. À l'intérieur se trouvait une minuscule photo de nous quatre, tout sourire, une veille de Noël. Depuis ce jour, chacun portait le sien autour du cou, accroché à une chaînette.

J'y tenais comme à la prunelle de mes yeux. Et comme j'avais soudain besoin de voir les visages de mes proches, j'étais bien contente de l'avoir sur moi. Quand j'ai plongé la main sous mon tee-shirt, pourtant, j'ai ressenti un choc.

Mon médaillon avait disparu.

3

DE L'OR

– AAAAAARGH !

ai-je crié.

J'avais la gorge en feu et un début de migraine mais je m'en fichais. Tout ce que je voulais, c'était retrouver ma famille. J'étais en colère. En colère, seule et déboussolée. Pourquoi avais-je autant couru ? Pourquoi n'étais-je pas retournée auprès d'eux ? La faute à mon instinct pourri ! Je n'aurais jamais dû l'écouter : c'était à cause de lui que je me retrouvais isolée comme ça. Je m'en voulais tellement.

– AAAAARGH !

J'ai hurlé encore plus fort.

Ça a fait fuir quelques oiseaux, et, tout à coup, une chose étrange a filé sous mes yeux.

Comme un éclair jaune doré dans les sous-bois.

Un pelage. Un animal ? Je me suis figée.

J'ai d'abord cru avoir rêvé. Et puis je l'ai revue.

Mais c'était quoi, au juste ? Un lapin ? Non, la créature paraissait plus grosse.

Je me suis approchée à pas prudents.

Et soudain, elle était là.

C'était la plus jolie créature que j'aie vue de ma vie. Une petite chienne au pelage doré comme le lever du soleil et aux yeux turquoise brillants. Elle avait une tache en forme de losange sur le front.

On s'est immobilisées toutes les deux, nos regards rivés l'un sur l'autre. Ses yeux brillaient si fort que, l'espace d'un instant, j'en ai retenu mon souffle.

Puis elle a décampé.

Et je lui ai couru après.

Cela m'a procuré une drôle de sensation. J'en ai oublié mes douleurs et la perte de mon médaillon. Je n'angoissais même plus de ne pas savoir où étaient mes parents et ma sœur.

La petite chienne était rapide, et, moi, je n'avais plus beaucoup de forces, mais chaque fois que j'apercevais son pelage doré, je retrouvais l'énergie de courir.

Et je gagnais du terrain.

De temps en temps, la chienne faisait une pause et je la rattrapais presque, mais soudain, elle repartait.

Elle s'est enfin arrêtée pour de bon et j'ai pu la rejoindre, tout essoufflée.

– Salut, toi, ai-je dit en haletant.

J'étais pliée en deux, à essayer de reprendre mon souffle, quand j'ai constaté que la petite chienne m'avait conduite à une rivière !

De l'eau !

Je me suis précipitée sur la berge et j'ai bu tout ce que j'ai pu. La petite chienne m'a imitée.

– Merci, ma belle ! ai-je bredouillé entre deux gorgées.

La chienne m'a regardée d'un air bizarre.

– Merci, ma belle ! ai-je répété.

Elle a baissé la tête et agité la queue. J'ai voulu me rapprocher d'elle, mais elle s'est éloignée. Cependant, elle m'a laissée la rattraper. Très, très lentement.

J'ai sorti alors de mon sac un morceau de fromage.

– Tiens, c'est pour toi.

La chienne est venue le renifler.

Sniff, sniff.

– Tu n'aimes pas le fromage ? lui ai-je demandé. Pas grave, essayons autre chose…

J'ai récupéré du bœuf séché et la chienne a immédiatement ouvert la gueule.

Elle m'a arraché le bout de viande de la main.

Et elle l'a englouti en trois coups de mâchoire.

– Tu es une rapide, dis donc ! ai-je remarqué en souriant.

La chienne est restée plantée là, à me regarder ; sa queue remuait encore un peu.

Heureusement que maman avait prévu plein de bœuf séché.

– D'accord, ma belle, ai-je dit en lui tendant un nouveau morceau de viande.

Celui-ci a disparu aussi vite que le premier.

– Hé là, pas si vite ! On ne t'a jamais dit qu'il faut mâcher avant d'avaler ?

Si je l'y avais autorisée, elle aurait mangé toute ma réserve en une fois. Elle devait mourir de faim. Peut-être était-elle perdue, elle aussi ?

– Assez de viande pour le moment, lui ai-je dit en refermant mon sac.

Pas facile de résister à sa petite bouille de chiot triste, mais j'ai tenu bon.

– Tâchons de nous rationner, ai-je conclu. Au moins le temps que je retrouve mes parents.

4

MOLLY

Quand j'étais petite, on avait une chienne, Molly. Elle faisait déjà partie de la famille quand je suis née. Une femelle beagle. Ma meilleure amie…

Quand papa travaillait dans les champs, que maman s'affairait dans la maison et que Kate était à l'école, Molly me tenait compagnie. On jouait pendant des heures. On se baladait entre les pieds de maïs, on pourchassait les rats et les oiseaux, il arrivait même que Molly attrape une souris.

Peu après mes six ans, elle n'a plus voulu jouer. Elle était tout le temps fatiguée, elle ne courait plus – pas même après les souris. Maman m'a expliqué qu'en années de chien, Molly était très vieille.

Puis un jour, quand Kate et moi sommes rentrées de l'école, maman nous a demandé d'aller dire au revoir à Molly.

J'ai fondu en larmes, allongée contre Molly. Maman m'a laissée faire, et puis Kate nous a rejointes.

– Ça suffit, les filles, a décidé papa au bout d'un moment.

Il parlait d'une voix bizarre, comme s'il avait un truc dans la gorge.

Papa aimait Molly autant que nous l'aimions.

C'est lui qui l'avait trouvée : une pauvre petite chienne égarée, toute maigrichonne, au bord de la route. Sans lui, elle serait sans doute morte.

Toute sa vie, on aurait dit qu'elle voulait remercier papa de l'avoir sauvée. Elle le protégeait toujours. Elle l'accompagnait à la chasse et le prévenait chaque fois qu'un serpent ou un sanglier approchait un peu trop près.

Alors papa a pris Molly dans ses bras, lui a déposé un baiser sur la truffe puis l'a portée jusqu'à la voiture.

Maman nous serrait très fort, Kate et moi.

– Je sais que vous êtes très tristes, les filles, mais dites-vous que si c'est dur, c'est parce qu'on a vécu plein de belles choses avec Molly.

En regardant papa emmener Molly pour son dernier voyage, je me disais qu'on avait eu de la chance de l'avoir eue comme amie toutes ces années.

5

LA RIVIÈRE

Une pensée horrible m'est venue. Et si je ne revoyais plus jamais maman, papa et Kate ?

Non, pas ça !

Il fallait que je me calme. Ils n'allaient pas tarder à me retrouver, j'en étais sûre.

– MAMAAAAN !

PAPAAAA !

IL Y A QUELQU'UN ?

Je me suis assise par terre et j'ai pleuré toutes les larmes de mon corps. Où étaient mes parents et ma sœur ? Étaient-ils en danger ? Avaient-ils pu rester ensemble ? Est-ce qu'ils me cherchaient ?

Et pas moyen d'arrêter de pleurer. Pire que la fois où je m'étais cassé le bras en tombant d'un arbre.

Mabelle – oui, je l'appelais comme ça – s'est mise à me lécher la figure.

Ça me chatouillait.

– Stop, ai-je murmuré.

SLURP, SLURP.

– Ça suffit ! ai-je insisté, mais Mabelle continuait toujours.

SLURP, SLURP, SLURP.

Et là, ses coups de langue m'ont fait rigoler.

– Ha, ha, ha ! Non, sérieux, arrête, Mabelle !

Je l'ai grattée derrière l'oreille, elle s'est cal-

mée. Moi aussi, je dois reconnaître que ça m'a apaisée.

– Tu sais, Mabelle, je vais demander à mes parents si on peut te garder.

À condition que je les retrouve.

Au loin, j'ai aperçu une montagne. J'en avais vu une la veille aussi, après l'accident de voiture. Était-ce la même ?

Il n'y avait qu'un moyen de le savoir.

– Viens, Mabelle, allons retrouver mes parents, ai-je décidé.

La chienne a remué la queue.

– Je bois juste une dernière fois avant de partir, ai-je ajouté.

On est retournées à la rivière, maintenant très agitée. Comme l'eau était boueuse au bord, j'ai grimpé sur une racine aérienne pour tenter d'atteindre l'eau claire. La racine a un peu craqué quand je me suis penchée.

Et brusquement, elle a cassé.

Plouf !

J'ai plongé la tête la première. Le courant me ballottait dans tous les sens, je ne savais même plus où était la surface ! Tout en essayant de contrôler la panique qui m'envahissait, j'ai rouvert les yeux pour guetter un rayon de lumière dans les eaux boueuses. Là ! J'ai nagé de toutes mes forces et réussi à ressortir la tête à l'air libre. J'ai recraché de l'eau et respiré à pleins poumons.

Je nageais vers la berge, mais le courant m'entraînait toujours. D'une main, j'ai pu m'agripper à une touffe d'herbe. Sauvée ! Hélas, la touffe s'est arrachée.

Je battais des bras comme une folle pour ne pas couler mais le courant était trop fort.

– Au secours ! ai-je crié.

Mabelle me suivait en aboyant sur la berge.

– AU SECOURS !

La chienne ne pouvait rien faire de plus.

Avec mes habits et mon sac, j'avais toutes les peines du monde à garder la tête hors de l'eau – sans parler de nager.

Des branches d'arbres passaient au-dessus de moi. Je tentais bien de m'y accrocher, mais l'eau m'emportait toujours.

La rivière me secouait, me tournait et me retournait. Je respirais chaque fois que j'en avais la possibilité. Cette fois, c'était vraiment la panique : je n'allais pas tenir longtemps.

C'est alors que j'ai vu une liane suspendue au-dessus de l'eau.

Ma dernière chance, ai-je songé.

Je me suis jetée dessus, de toutes mes forces.

– AU SECOURS !

OUAF ! OUAF !

Soudain, j'ai entendu de nombreux aboiements, venant de la berge. Comment était-ce possible ? Je ne distinguais que Mabelle qui sautait sur place comme une folle.

Trois autres chiens ont alors surgi des buissons dans un tourbillon de pattes, de queues et de crocs. Ils se sont plantés sur la berge. Deux d'entre eux aboyaient très fort et le troisième, un labrador qui ressemblait à un chien d'aveugle, tenait un long bâton dans sa gueule. Il s'est avancé autant qu'il a pu et a abaissé son bâton vers moi.

Il voulait que je l'attrape !

J'ai essayé ; malheureusement, mon bras était trop court.

L'animal a lâché son bâton et a filé. Le courant a englouti le bout de bois en un clin d'œil.

Ma main a un peu glissé sur la liane, et je me suis enfoncée d'un coup. Mon sac à dos trempé était hyper lourd. Je n'allais pas tarder à lâcher prise.

Alors, j'ai failli crier de joie quand le labrador est revenu avec un bâton plus long.

Bien joué !

Il me l'a de nouveau tendu, et, cette fois, j'ai réussi à le saisir d'une main. Le chien allait-il supporter mon poids? Je n'avais pas trop le choix. J'ai lâché la liane et je suis partie à la renverse dans un grand plouf. Heureusement, j'ai pu m'agripper des deux mains au bâton.

Le labrador et un autre chien – un lévrier – se sont mis à tirer. Leurs pattes s'enfonçaient dans la boue à mesure qu'ils reculaient. Pour les aider, je battais des jambes autant que je pouvais. Au prix d'un effort commun colossal, j'ai enfin regagné la berge.

J'ai rampé sur un mètre, puis je me suis effondrée. Épuisée.

Quand j'ai pu lever les yeux, j'ai découvert avec stupéfaction quatre chiens qui m'observaient.

Mabelle, mais aussi le labrador, le lévrier et un drôle de chihuahua, au corps minuscule par rapport à son énorme tête.

Ces quatre chiens venaient de me sauver la vie ! Incroyable… Je rêvais, peut-être ? Ou alors j'avais perdu la boule ? Tout cela semblait pourtant bien réel.

J'étais égarée et seule, comme ma pauvre Molly avant que papa la recueille ; ces chiens avaient-ils senti que j'avais besoin d'aide ?

– Vous m'avez sauvé la vie ! ai-je dit en m'asseyant. J'ai une dette envers vous.

Le chihuahua s'est mis à renifler mon sac en agitant la queue comme un dingue.

– Oh, toi, tu sens ce qu'il y a dedans, pas vrai ?

J'ai ouvert la fermeture Éclair. Les oreilles du chien ont pivoté comme deux antennes radars. Puis j'ai donné du bœuf séché à mes sauveteurs.

– Vous l'avez bien mérité !

J'ai alors remarqué que le lévrier portait un collier.

– Zip, ai-je lu sur la médaille qui y était accrochée. C'est comme ça que tu t'appelles ?

L'intéressé a remué la queue si fort que tout le reste de son corps a suivi le mouvement.

– Alors bonjour, Zip. Et merci à vous quatre.

Les chiens semblaient attendre que je prenne l'initiative.

– Où sont vos maîtres? leur ai-je demandé. Vous aussi, vous voulez retrouver vos familles, non?

Je ne savais toujours pas où on était. D'autant que le courant m'avait entraînée en aval. Jusque-là, je me raccrochais au mince espoir que mon père réussirait à me suivre à la trace, comme tout bon chasseur. Mais après mon passage dans la rivière, je n'y croyais plus trop.

– Vous ne sauriez pas par où on rejoint la route? ai-je demandé aux chiens.

Le labrador a aboyé une fois puis s'est mis à renifler la terre avant de foncer dans les bois. Quelques instants plus tard, il revenait en aboyant de façon plus pressante.

– Qu'est-ce qu'il y a, mon chien ? l'ai-je interrogé. Tu essaies de me dire quoi ?

Il est reparti dans la même direction, puis a marqué une pause et a encore aboyé.

– Tu veux qu'on te suive ? C'est ça ?

La truffe collée au sol, le labrador s'est de nouveau enfoncé dans la forêt.

– Bon, ai-je capitulé. J'espère que tu sais ce que tu fais… Je vais me fier à ta truffe.

J'ai remis mon sac sur mes épaules avant de lancer :

– Venez, vous autres ! Suivons Truffe.

6

LA COURSE AVEC LES CHIENS

J'ai dû courir à fond pour ne pas être distancée par les chiens, qui se sont élancés derrière Truffe. Le minuscule chihuahua lui-même évoluait sans peine dans la forêt. Il bondissait par-dessus les cailloux et les racines, puis tournait la tête vers moi, ses

oreilles radars braquées dans ma direction, pour s'assurer que j'étais toujours là.

Une ou deux fois, j'ai pris du retard, et Mini a aboyé. Mais pas pour me dire Dépêche, plutôt pour demander aux autres de ralentir. J'ai très vite compris que malgré sa petite taille, Mini aimait bien jouer au chef, et n'hésitait jamais à lancer des aboiements stridents.

Zip était le plus rapide de la meute. C'est sans doute de là qu'il tirait son nom : Zip-zip-zooooum. Par contre, il était très tête en

l'air : à plusieurs reprises, il a doublé Truffe sans le faire exprès, puis a changé de direction. Chaque fois, Truffe a dû s'arrêter et aboyer pour le faire revenir. Les aboiements de Truffe, lents et patients, me faisaient penser aux cris d'un père qui appelle ses enfants.

Reviens, Zip,
reviens !
Allez,
reviens !

Une fois, Zip s'est carrément cogné contre un arbre.

J'ai aussitôt foncé m'assurer qu'il n'avait rien de cassé.

– Tout va bien, Zip ? lui ai-je demandé.

Il s'est contenté de me regarder, tout pantelant, la mine ravie. J'en ai profité pour l'observer de près, et j'ai remarqué qu'il avait

comme des nuages sur les yeux.

– Hmm, tu es rapide, d'accord, mais tu ne vois plus trop bien, pas vrai ? ai-je dit.

En guise de test, j'ai fait semblant de sortir un bout de viande de mon sac puis de le jeter.

– Va chercher, Zip ! ai-je crié.

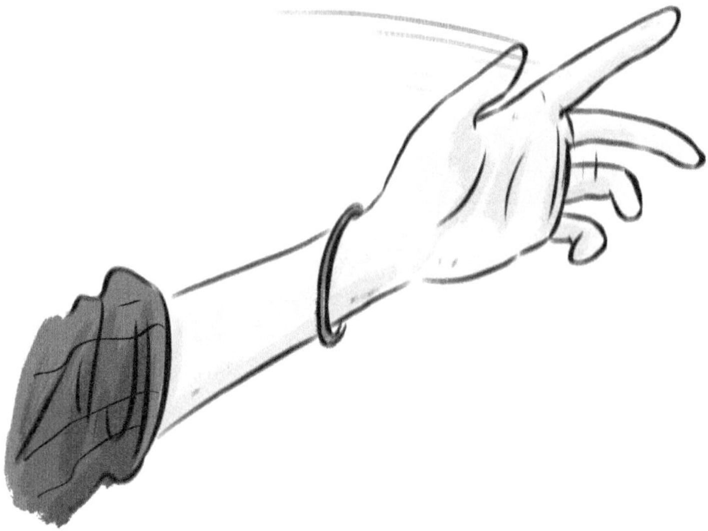

Les trois autres chiens regardaient ma main et ils ont dû voir que je n'avais rien lancé, car ils n'ont pas bougé. Zip, lui, a démarré au quart de tour.

– Oh, Zip, je suis désolée ! ai-je aussitôt dit. Tu ne vois vraiment rien !

Zip reniflait toujours les buissons à la recherche du morceau de bœuf qui ne s'y trouvait pas.

– Reviens, Zip, ai-je repris. J'ai quelque chose pour toi.

Cette fois, j'ai servi la viande aux chiens pour de vrai. Ils l'ont engloutie puis m'ont scrutée comme pour dire :

Merci, c'était gentil. Tu en as encore ?

– C'étaient les derniers, ai-je indiqué. Venez, on y va.

Et on est repartis, emmenés par Truffe.

– Il faut retrouver la route, Truffe, lui ai-je rappelé en croisant les doigts pour qu'il me comprenne. La route, Truffe.

Ça m'a rappelé la fois où Kate s'était perdue, à la foire. On avait fini par la retrouver, en larmes, devant le stand des glaces. Maman nous avait alors expliqué que si un jour on se reperdait, on devait se rejoindre à l'entrée.

Et là, je me suis dit : Mais bien sûr ! Ils doivent m'attendre à notre voiture, sur la route, là où on a été séparés !

Après une demi-heure de course à flanc de montagne, nous sommes parvenus au sommet d'une pente rocheuse. J'étais morte de fatigue.

– Hé, les chiens… pas si vite, ai-je appelé, la poitrine en feu.

Mais ils fonçaient toujours.

– STOP ! leur ai-je crié.

Apparemment, ils ne m'entendaient pas. Y compris Mini, qui filait toujours aussi vite que ses minuscules pattes le lui permettaient.

Je me suis assise sur un rocher, essoufflée.

C'est là que j'ai découvert que, depuis ce perchoir, je voyais par-dessus la cime des arbres. Plus loin que la forêt environnante et quelques prés.

Les mêmes prés que j'avais traversés après l'accident ? Ils avaient en tout cas l'air différents, avec toutes ces traînées de brûlé.

Et soudain, je l'ai aperçue… Une infime portion mais c'était bien elle… la route !

Truffe est revenu de cette même direction. Les trois autres sur ses talons.

Alors ? Je t'avais bien dit que je savais.

Champion, Truffe ! J'ignorais comment il avait pu faire, mais il nous avait bien ramenés vers la route.

– Allons retrouver nos familles ! ai-je lancé à mes amis à quatre pattes.

Puis j'ai récupéré mon sac et me suis dirigée vers la route. L'après-midi touchait à sa fin, le soleil n'allait plus tarder à se coucher.

Il fallait faire vite.

7

LES VOITURES

Mes quatre amis et moi avons dévalé la pente de la montagne. La possibilité de revoir Kate et mes parents me redonnait de l'énergie !

En approchant du pied de la pente, j'ai compris pourquoi les voitures s'étaient arrêtées devant nous, la veille.

La rivière déchaînée dans laquelle j'étais tombée passait sous ce qui avait dû être un pont… sauf qu'il s'était écroulé en son milieu. Sûrement à cause d'une explosion, d'après les traces noires que j'apercevais.

Des centaines de véhicules stationnaient là. Je me suis efforcée de repérer notre voiture.

– On continue, les amis, ai-je lancé pour encourager les chiens. Avant qu'il fasse nuit.

Au sortir de la forêt, on a débouché dans un grand pré tapissé de trèfles.

Les trèfles ! Victoire !

Mais on avait beau approcher des files de véhicules, je n'apercevais personne. Ces voitures, camions et fourgonnettes semblaient

abandonnés. Je commençais à me dire que je n'allais pas retrouver mes parents.

Et ça m'angoissait.

Le temps qu'on arrive au niveau des véhicules, il faisait nuit.

– MAMAAAAN ! ai-je crié de toutes mes forces. **PAPAAA ! KAAATE !**

Je n'en pouvais plus, mais pas question de baisser les bras.

– PAPAAA !

Grâce au clair de lune, je découvrais toutes ces voitures aux portières ouvertes, les bagages éparpillés sur la route. Comme si tous ces gens avaient fui en vitesse, comme nous.

Chemin faisant, j'enjambais des habits, des livres, des photos et des jouets.

Et de la nourriture. Les chiens s'arrêtaient tous les quatre ou cinq pas pour manger. Une moitié de sandwich par-ci, une saucisse écrasée par-là… Pour eux, c'était Noël avant l'heure. Moi, j'ai ramassé quelques canettes et des bouteilles vides, que j'ai fourrées dans mon sac.

Au bout d'un moment, je me suis mise à compter les véhicules. Il y en avait tellement ! 72, 73, 74… Et je n'apercevais toujours pas notre voiture.

Et tout à coup, je me suis figée : je venais de reconnaître le camion avec la grosse lune bleue dessinée à l'arrière et sur les côtés. Ça m'a donné la chair de poule. Je l'ai contourné en retenant mon souffle.

Elle était là. Notre voiture. Le capot ratatiné.

J'ai tout de suite vu qu'il n'y avait personne à l'intérieur, mais j'ai quand même ouvert les portières, pour en être sûre.

Non, personne.

Je me suis assise à ma place, sur la banquette arrière. J'ai regardé les traces de boue que j'avais laissées la semaine précédente, quand il avait plu. Papa et moi étions dehors quand le déluge nous avait surpris. Il avait tenu son blouson au-dessus de moi, comme un parapluie, le temps qu'on regagne la voiture. Je m'étais sentie protégée, en sécurité.

À mes pieds, j'ai trouvé une bouteille d'eau à moitié pleine. Je l'ai bue en entier. Puis j'ai regardé de l'autre côté de la banquette.

La voiture sentait comme l'imperméable de ma sœur quand il a passé une semaine dans son sac. D'habitude, cette odeur me donnait envie de vomir. Là, bizarrement, elle avait quelque chose de réconfortant.

J'ai enfoui ma figure dans la banquette, fermé les yeux. Il faisait nuit, il faisait froid.

Mes parents et ma sœur avaient disparu. J'étais toute seule.

Soudain, j'ai senti le pelage doux de Mabelle contre ma jambe. Les autres chiens sont montés dans la voiture, eux aussi.

On était tous épuisés.

8

LES VIEUX SANDWICHS

– Kate, tu pues !

J'ai entrouvert les yeux… Une langue rose pendait à quelques centimètres de mon nez. Et ce n'était pas celle de ma sœur.

Je me suis rassise très vite et j'ai regardé autour de moi. Quatre chiens m'observaient. Truffe était lové à mes pieds ; Zip perché sur une valise ; Mabelle blottie contre moi. Enfin, Mini avait grimpé sur ma tête et souriait, tout haletant.

Coucou ! Il faut se lever !

– On est un peu serrés, dites donc, ai-je lancé en souriant. Et vous sentez fort, je trouve !

J'ai ouvert la portière et suis descendue. Les chiens m'ont suivie, pas mécontents de pouvoir s'étirer au soleil.

On fait quoi, aujourd'hui ? Hmm ?

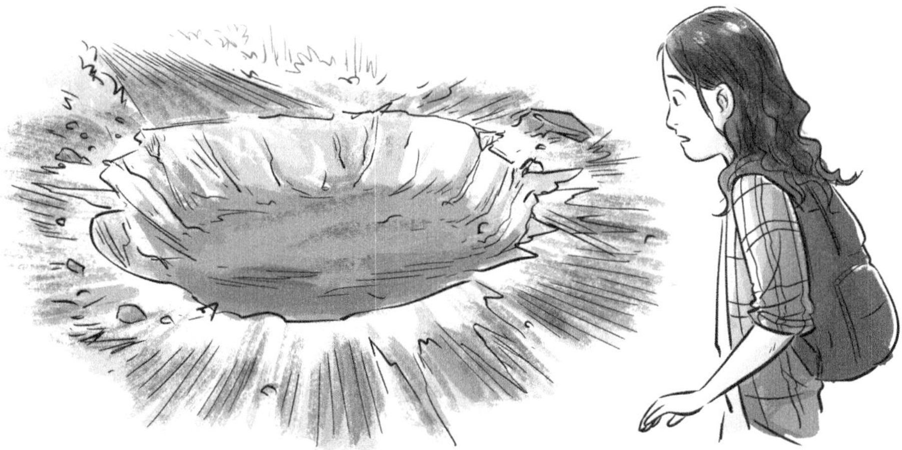

Je me dirigeais vers le coffre quand, brusquement, je me suis figée. Bouche bée.

Il n'y avait plus de route.

À la place, un énorme trou, sans doute creusé par l'explosion d'une bombe. La veille, il faisait trop sombre pour que je le voie.

Les chiens se sont accroupis au bord du cratère et ont aboyé vers le fond. J'ai immédiatement attrapé Zip pour éviter qu'il ne tombe.

À voir leurs têtes, j'ai compris qu'ils étaient aussi effrayés que moi.

Mais le choc passé, on s'est éloignés de ce grand trou.

On avait d'autres soucis plus importants. Trouver à manger, par exemple. Alors j'ai ramassé deux sacs et je suis partie « faire les courses » dans la file de véhicules.

– Vous avez faim, les copains ? ai-je lancé.

En un rien de temps, on a récupéré des vieux sandwichs, des bouteilles d'eau, des conserves de jambon, du pain rassis et même du bœuf séché !

– OK, on se calme ! ai-je décidé.

Les chiens couraient partout, dévoraient tout ce qui leur tombait sous la patte. Seule Mabelle restait près de moi.

– Pas si vite, vous trois ! Tâchons de ne rien gaspiller tant que mes parents ne sont pas là…

Hélas, j'ignorais jusqu'à quand il faudrait attendre. Il n'y avait vraiment pas un chat dans les parages.

Où avaient pu passer tous ces gens ?

J'en avais vu fuir comme moi dans la forêt, alors pourquoi étais-je aussi seule ? Le silence était désespérant. Sans les chiens, je crois que j'aurais bien déprimé.

Je me suis forcée à continuer à « faire les courses ». J'inspectais un par un les véhicules, pour y trouver à manger ou à boire.

Je venais d'ouvrir la portière passager d'une camionnette quand soudain le battant s'est écarté violemment, me projetant par terre. Une silhouette noire a jailli de la cabine et a atterri sur mon ventre en grondant.

J'avais face à moi une gueule aux babines retroussées sur des crocs acérés. L'horreur !

Mabelle s'est instantanément jetée sur ce chien noir, avec un courage d'autant plus grand qu'elle était plus petite que ce monstre. Elle l'a bousculé, et les deux chiens se sont transformés en une tornade noir et or de pattes, de poils et de crocs. Ça grognait, ça aboyait.

– Mabelle ! ai-je crié. Arrête ! Stop !

Alertés par ces bruits, Mini, Truffe et Zip ont accouru en aboyant eux aussi comme des fous.

Une traînée rouge est apparue sur le pelage de Mabelle. Il fallait que j'intervienne !

Poussée par l'adrénaline et la colère, je me suis emparée d'un gros bâton.

Je l'ai brandi, prête à l'abattre sur le chien noir dès que possible. Je ne voulais pas risquer de frapper Mabelle par erreur !

Mais Zip ne m'a pas laissé le temps d'agir. Il s'est jeté dans la bataille et a percuté le monstre de la tête. Ça a fait un énorme **poum** et le chien noir s'est étalé.

Zip s'est planté devant Mabelle, comme un grand frère protège sa petite sœur. Le chien noir s'est relevé tant bien que mal, un peu hébété. Zip et lui restaient face à face. Ils grondaient, mais, apparemment, ni l'un ni l'autre ne voulait attaquer.

– Tout va bien, Mabelle ? ai-je lancé.

La chienne a couru vers moi. À part les taches rouges dans ses poils, elle ne semblait pas blessée. Je l'ai inspectée et ne lui ai trouvé qu'une légère coupure à l'épaule. Malgré sa petite taille, elle n'avait pas hésité à me protéger. Je me demandais ce que j'avais bien pu faire pour mériter cela.

– Merci, Mabelle.

Pendant ce temps, Zip et le chien noir, un mastiff, se tournaient toujours autour.

Quand enfin je me suis décidée à faire un pas vers eux, le mastiff a grondé.

– Oh là, mon grand, du calme. Je ne fouillerai pas ta camionnette si tu n'es pas d'accord.

J'ai jeté un coup d'œil dans la cabine, derrière lui : elle était complètement vide.

– Venez, les amis, ai-je dit aux quatre autres chiens. On s'en va.

Et tandis que j'entraînais les chiens, le mastiff ne nous lâchait pas du regard.

On a continué à inspecter les véhicules. En fin d'après-midi, on avait effectué plusieurs allers-retours et récupéré tout ce qu'on pouvait. En évitant à chaque fois la camionnette du mastiff.

Il y avait en tout quatre-vingt-un véhicules, et absolument personne dans le coin. À part moi. Et mes chiens.

– OK, ai-je décidé, on va retourner dormir dans ma voiture, il se fait tard.

Quand on est repassés une dernière fois devant le mastiff, il a gémi.

– Tu n'as rien mangé, toi ? lui ai-je demandé en m'approchant prudemment de lui.

Mabelle ne me lâchait pas d'un pouce.

Le chien noir avait l'air affamé. Il aurait très bien pu se trouver à manger, comme nous, mais, allez savoir pourquoi, il semblait ne pas vouloir abandonner cette camionnette.

Sans oser m'avancer davantage, j'ai sorti un sandwich de mon sac et le lui ai lancé.

Il l'a aussitôt englouti.

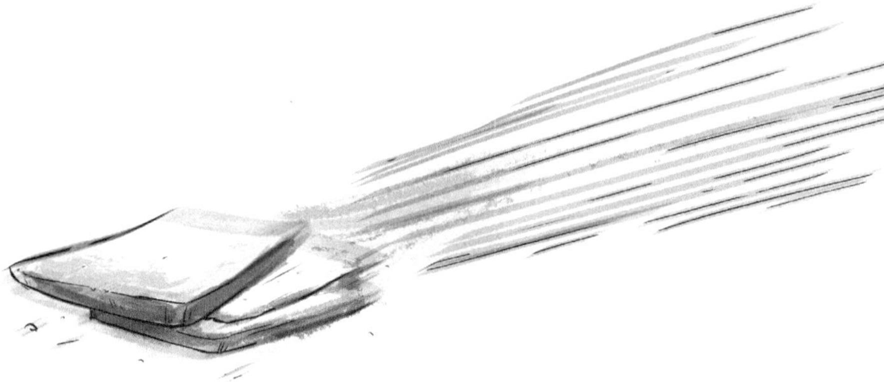

Puis j'ai versé de l'eau dans une casserole et j'ai pris le risque de m'approcher un peu pour la lui donner.

Une fois que je me suis reculée, le mastiff est venu inspecter la casserole. Il a tout bu, à toute allure.

Quand il a eu terminé, il n'était plus le même. Ses yeux n'exprimaient plus la colère mais la douceur. L'inquiétude aussi, peut-être ? En tout cas, les autres chiens avaient dû percevoir ce changement car ils se sont écartés quand il s'est avancé vers moi et m'a laissé lui caresser la tête. Il portait un médaillon à son nom.

– Salut, Brutus, ai-je dit.

Sa queue a légèrement remué.

– C'est bon, Brutus, tu peux venir avec nous si tu es sage. Mais tu peux aussi rester ici. C'est toi qui vois.

On est repartis vers la voiture de mes parents… et, quelques instants plus tard, Brutus nous suivait.

Je venais d'adopter un nouveau compagnon.

9

EN ROUTE

Le lendemain matin, des coups de klaxon m'ont réveillée. Des gens ! ai-je pensé. Enfin, je n'étais plus seule !

Et puis j'ai réalisé que c'était juste Truffe qui appuyait sur le volant.

J'ai alors envisagé que personne ne revienne jamais sur cette route… Je ne tenais pas à m'y éterniser non plus.

Deux options s'offraient à moi : rentrer chez moi, ou poursuivre mon chemin.

La première nuit avec mes parents, on avait roulé pendant des heures, en pleine forêt, et le trajet du retour s'annonçait interminable. Dangereux aussi, sûrement. C'est bien pour ça qu'on était partis, à la base.

Du coup, j'ai décidé de continuer le voyage. Mais j'ai quand même laissé un mot, au cas où quelqu'un passerait.

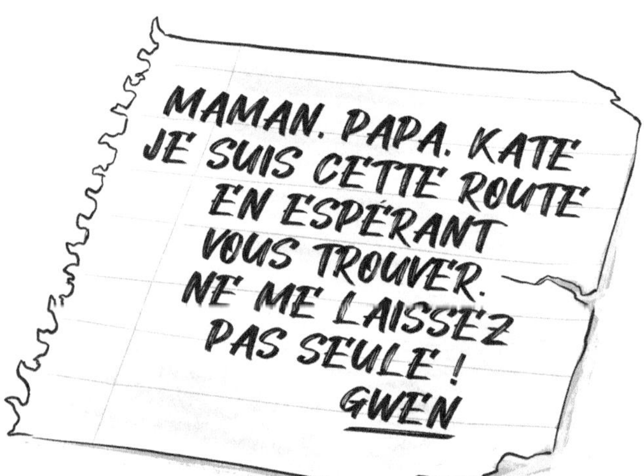

En remplissant mon sac à dos, j'ai constaté que certains sandwichs commençaient à moisir. On avait intérêt à trouver des adultes, et vite. Ils sauraient quoi faire.

Pour l'instant, le gros souci était de franchir la rivière.

D'énormes blocs de béton affleuraient, formant une espèce de gué. On allait peut-être pouvoir passer par là ?

La traversée s'annonçait périlleuse... La rivière était toujours aussi déchaînée. Au moindre faux pas, on risquait de tomber à l'eau et d'être emportés.

Mais on n'avait pas le choix ; on devait tenter notre chance.

Deux fois, j'ai dû prendre Mini dans mes bras pour franchir un intervalle entre deux blocs trop large pour lui. Le premier coup, terrifié que je le tienne, il battait des pattes à toute allure, comme s'il courait dans le vide. Mais très vite, il s'est détendu. J'ai même eu l'impression qu'il aurait aimé que je le porte jusqu'au bout. Finalement, on est tous arrivés à bon port.

NINJA KID

Quand on a repris la route, je priais très fort pour qu'on trouve une ville ou des voitures. ***Pitié, je vous en supplie, faites qu'il y ait des gens,*** me disais-je.

Mais on a marché des heures sans croiser rien ni personne.

La route sinuait sans fin dans la montagne, encadrée par la forêt. Pas une maison, pas un véhicule, pas un chat… juste des arbres à perte de vue.

Et très vite, le soleil a commencé à se coucher.

On était tous épuisés et morts de faim.

Je me suis assise sur le bord de la route, sous un grand chêne, et j'ai donné à manger aux chiens. La moisissure des sandwichs ne les dérangeait visiblement pas.

Ça m'a rappelé un truc que papa m'avait dit la fois où Molly avait mangé le casque d'une de mes Barbie :

– Les chiens ont un estomac en fer. Par contre, ne leur donne surtout pas de chocolat.

Ça tombait bien, on ne risquait pas d'en trouver dans le secteur.

Mais où étions-nous ?

Même si ma situation n'était pas plus terrible qu'elle l'avait été ces deux derniers jours, je me suis soudain sentie plus seule que jamais.

Mon sac à dos en guise d'oreiller, je ravalais mes larmes. Avant, je ne supportais pas que Kate me donne des ordres. Là, j'aurais bien voulu qu'elle vienne me dire ce que je devais faire.

Les chiens se sont blottis contre moi. Ça m'a un peu réconfortée et, très vite, on s'est tous endormis.

Le lendemain matin, je me suis réveillée sous le chêne, avec ma meute de chiens affamés et assoiffés.

J'ai fureté dans mon sac.

Que faire ? Poursuivre notre route en espérant croiser des gens ? Oui mais… si on ne trouvait personne ? Si cette route n'avait jamais de fin ? ***On risquait de mourir, tous.***

– AAAAARRRGGGH !!

J'ai hurlé de toutes mes forces ; les chiens ont paru surpris.

– IL Y A QUELQU'UN ?!!

OHÉÉÉÉ !!

VOUS M'ENTENDEZ ?!!

Les chiens m'observaient comme pour dire… **On est là, nous ! Ça ne compte pas ?**

– Non, ça ne compte pas ! leur ai-je rétorqué. Vous n'êtes qu'une bande de chiens ! Moi, je veux retrouver ma famille ! Allez-vous-en, fichez-moi la paix !

Luttant contre les larmes, je leur ai tourné le dos, puis je suis repartie dans la direction d'où l'on venait. Ils m'ont suivie.

– NON ! Vous êtes bouchés ? Je ne pourrai pas m'occuper de vous cinq. **DU BALAI !!!**

Les chiens sont restés bêtes. Genre : **Qu'est-ce qui t'arrive ?**

– BARREZ-VOUS !!! me suis-je égosillée.

– Je ne saurai pas quoi faire de vous ! Vous comprenez, ou quoi ?

J'avais beau leur crier dessus, ils me suivaient toujours. Je me suis alors rappelé qu'ils m'avaient sauvé la vie, et que j'avais une dette envers eux. Je ne devais pas les chasser. Mais bon… j'étais à court d'idées.

J'ai fini par céder. ***Qu'ils m'accompagnent, si ça leur chante,*** me suis-je dit. ***Au moins, on ne mourra pas de faim chacun dans notre coin.***

On a marché toute la journée. Le soir, on retrouvait les voitures.

Je me suis dépêchée d'aller voir si quelqu'un avait pris le mot que j'avais laissé.

Il était pile à sa place.

Les chiens ont terminé les sandwichs moisis ; moi, j'ai mangé les dernières tranches de pain rassis. J'ai fermé les yeux, prié pour que les secours arrivent vite.

10

NOTRE PREMIÈRE CHASSE

Quatre jours s'étaient écoulés, et nous n'avions plus rien à manger – à part des biscuits auxquels les chiens eux-mêmes refusaient de toucher. ***Ils font la fine gueule,*** ai-je songé. ***Ils ont pris de mauvaises habitudes!***

Que faire? me demandais-je en grignotant un biscuit tout ramolli. Les chiens comptaient sur moi. C'étaient des animaux de compagnie, habitués à être nourris tous les jours. Eux aussi avaient dû fuir, comme moi, et se retrouver séparés de leurs familles.

On était tous dans la même galère.

Et tout à coup, Truffe s'est mis à aboyer.

– Un souci, Truffe ? ai-je demandé.

Il fonçait déjà vers des buissons.

Zip s'est élancé derrière lui, en glapissant aussi.

J'ai compris : ils chassaient.

Une créature marron-gris a alors surgi de la végétation, en zigzaguant dans l'herbe. Un lézard !

Les cinq chiens l'ont très vite pris en chasse. Y compris Brutus, moins agile à cause de son gabarit.

Zip s'est rapidement placé en tête de meute. Il s'apprêtait à attraper le lézard quand celui-ci s'est réfugié dans un arbre. Le lévrier myope s'est écrasé l'épaule contre le tronc.

Le petit reptile scrutait ses prédateurs depuis une branche haute.

Pourquoi les chiens aboyaient-ils comme ça ?

Ils veulent peut-être le manger ? ai-je estimé. ***Pouah !*** En même temps, pour eux, un bout de viande était un bout de viande. J'avais déjà vu Molly manger des mouches.

Ma foi… si c'est le seul moyen de vous nourrir, allons-y. Ces chiens m'avaient sauvé la vie, je me devais de veiller sur eux.

– Relax, je vais vous trouver à manger, leur ai-je dit.

J'ai ramassé un caillou et ai visé le lézard. Raté. Et pas qu'un peu. Le reptile s'est réfugié plus haut, je ne le voyais même plus.

Ça m'a rappelé un livre que j'avais lu : l'histoire d'une fille qui chassait avec un arc. Et j'ai eu un éclair de génie : papa gardait ses affaires de chasse dans le coffre !

J'ai foncé les chercher… hélas, il n'y avait rien. Enfin, juste une fronde.

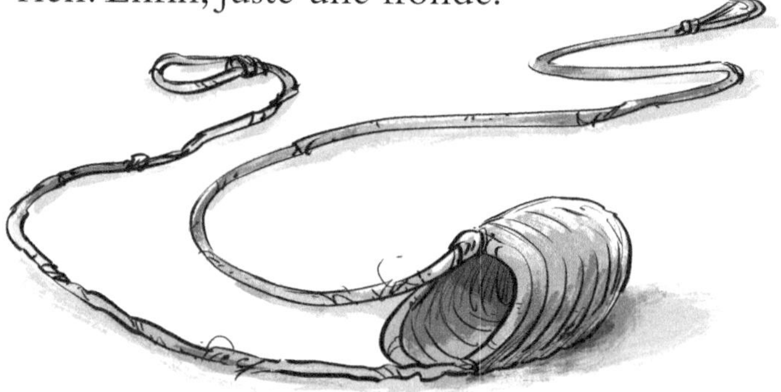

Pas facile à utiliser, la fronde. Papa m'en avait offert une quand j'étais petite, mais je n'arrivais à rien. Je devais me dégoter une autre arme.

– OK, ai-je décidé, voyons voir ce qu'on peut trouver dans le coin.

J'ai passé les deux heures suivantes à fouiller tous les coffres et toutes les boîtes à gants de toutes les voitures et de tous les camions.

Sans rien y dénicher qui ressemble à une arme. Rien!

Alors j'ai repris la fronde. Celle de mon père. Il ne s'en servait pas souvent, mais il la gardait parce qu'il disait qu'avec ça, on n'avait pas à acheter de balles ni de flèches. Il suffisait de trouver des bons cailloux.

Il maîtrisait la technique. Je l'avais observé, je connaissais le maniement : on met un caillou dans une petite poche en cuir reliée à deux cordons. Un des cordons se termine par une boucle qu'on passe au poignet ; l'autre par une plaque qu'on tient dans la main. Ensuite, on fait tourner la fronde super vite, et on lâche pour lancer le caillou.

Pas évident, donc. Mais je n'avais pas le choix.

J'ai ramassé un caillou et l'ai placé dans la poche. J'ai visé une souche d'arbre et fait tourner la fronde. Quand le moment m'a paru bon, j'ai lâché la plaque…

HAN !

Le caillou s'est écrasé devant moi, dans un panache de poussière. À quelques centimètres de Zip, qui a tourné la tête vers moi, genre :

C'est quoi, ça ?

– Désolée, Zip ! ai-je dit.

J'ai retenté ma chance en essayant de mieux me rappeler comment papa faisait. Il ne lâchait la plaque que lorsqu'il était sûr de toucher sa cible…

HAN !

Le caillou a frôlé la souche.

Les chiens ont glapi de joie.

Tu peux y arriver !

J'avais raté, mais de peu cette fois. Je commençais à espérer que cette fronde nous rapporterait de quoi manger… avec un peu d'entraînement.

J'ai ramassé d'autres cailloux et repris la séance. Raté, raté, touché, raté… Je me suis reculée, et j'ai encore essayé.

J'ai aussi testé les cailloux : trop légers, ils partaient dans tous les sens ; trop lourds, ils n'allaient pas loin.

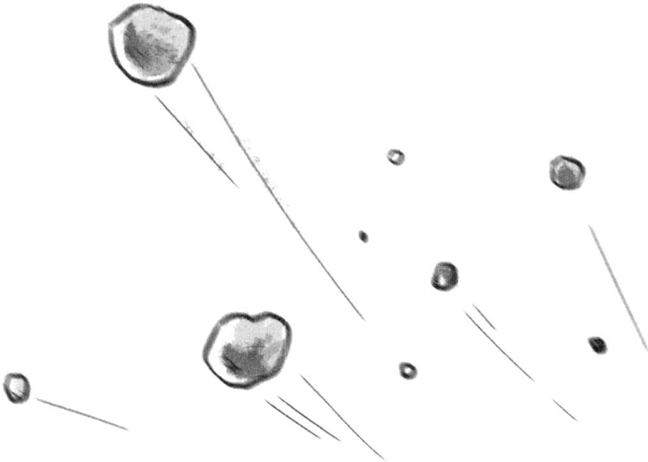

J'ai ensuite chargé une poignée de petits cailloux, comme j'avais vu papa le faire. J'ai fait tourner la fronde puis j'ai lâché la plaque. PAF ! Ils n'ont pas frappé aussi fort que les gros, mais ils ont couvert une plus grande distance.

Alors, j'ai choisi un arsenal de cailloux plus ou moins gros.

Quelques heures plus tard, j'avais réussi cinq tirs d'affilée. La vieille souche était constellée d'impacts et avait perdu de grandes plaques d'écorce. Non seulement je visais mieux, mais je tirais plus fort. Sans être encore experte, j'avais pris de l'assurance.

– OK, les amis, c'est reparti ! ai-je décidé.

On est retournés dans la forêt, tous les six aux aguets. Soudain, un crépitement a retenti.

Les oreilles radars de Mini ont pivoté vers la source de ce bruit, et le chihuahua s'est élancé vers une forme noire qui fusait dans les sous-bois. Qu'était-ce ?

Encore un lézard ? Non, on aurait plutôt dit… un serpent !

– Mini, reviens ! C'est un serpent !

J'ai aussitôt chargé une pierre dans ma fronde, puis j'ai fait tourner la poche et…

PAF !

J'ai raté le serpent qui s'est réfugié sous un rocher.

Mini s'est planté devant. Il aboyait et sautillait sur place.

**Sors de là,
espèce de trouillard !**

Le reptile a montré sa tête et sifflé en direction de Mini.

– Reviens tout de suite ! ai-je ordonné au chihuahua.

Acculé, le serpent s'apprêtait à frapper. Et Mini qui continuait son cinéma, sûr de pouvoir gagner !

J'ai de nouveau visé le reptile.

Argh ! Encore raté. Mon caillou a ricoché sur le rocher.

Pire : les autres chiens accouraient à leur tour, en mode chasseurs, la queue en folie. Sans aucune conscience du danger.

– Revenez tous ! Je ne pourrai pas vous conduire chez le vétérinaire si vous vous faites mordre, gros nigauds ! leur ai-je crié, hélas, en vain.

J'ai ramassé une poignée de petits cailloux et je les ai chargés. **Concentre-toi, Gwen,** me suis-je dit pour m'encourager.

Le serpent s'est dressé, ses crocs dégoulinaient de venin... C'était ma dernière chance. Soudain, Mini s'est reculé – comprenant peut-être qu'il risquait gros – et j'ai pu viser.

J'ai fait tourner la fronde jusqu'à ce que je sente que c'était le bon moment. J'ai lâché la plaque et...

PAF !

Les cailloux ont fusé, l'un d'eux a frappé le serpent en pleine tête ! Incroyable ! Il est tombé comme une masse.

Ma première mise à mort.

J'étais à la fois soulagée d'avoir protégé Mini et super mal à l'aise. Je n'avais jamais tué d'animal de ma vie. Cette histoire de chasse n'allait pas être une partie de plaisir.

Les chiens aboyaient comme des dingues en direction du serpent. Ils restaient toutefois à bonne distance. Ça, les serpents, il faut dire… même morts, ils font peur.

Truffe a fini par s'en approcher tout doucement et l'a saisi dans sa gueule. Puis il l'a tiré de sous le rocher et l'a déposé à mes pieds.

À le voir étendu comme ça, j'ai été surprise qu'il soit aussi long.

Un bon pas et demi. Gros comme un concombre.

Je l'ai saisi par sa queue froide et écailleuse pour le traîner jusqu'à la route.

11

À TABLE

Le feu crépitait. On s'était tous rassemblés autour de sa bonne chaleur.

J'avais récupéré des allumettes dans des voitures abandonnées, et les chiens s'étaient occupés de trouver du bois sec.

Quand on campait en famille, il m'était arrivé de faire cuire des saucisses et des guimauves. Mais un animal entier ? Jamais. Par où commencer ?

Parfois, papa pêchait un poisson et le faisait griller sur un bâton. Il retirait ensuite la peau et on mangeait la chair.

Je me suis dit que j'allais faire pareil avec le serpent. Lui aussi avait des écailles après tout !

Bizarrement, on aurait dit une grosse saucisse super longue, une fois embroché. Du coup, je le tournais de temps en temps, comme une chipolata, pour qu'il soit bien cuit partout.

Après, j'ai enlevé une couche de peau brûlée et j'ai mordu dans la chair.

BEURK !

Je lui ai trouvé un goût de poisson mais… pas agréable.

Les chiens m'observaient avec de grands yeux affamés.

Je leur ai lancé des morceaux de serpent avant de jeter la tête au feu, pour que personne ne la mange. Au cas où elle serait venimeuse.

En regardant les chiens se régaler, j'ai hésité. J'ai goûté à nouveau, histoire de voir si je pouvais m'y habituer. Mauvaise pioche. J'ai préféré ouvrir un sachet de biscuits rassis. Ils étaient ramollis et fades, mais au moins ils n'avaient pas un goût de reptile. Je me suis demandé si je n'allais pas très vite être obligée de manger le produit de nos chasses. Des serpents, des lézards, des asticots peut-être ? Je me suis efforcée de ne pas trop y penser.

Les chiens, eux, n'ont pas laissé une miette du serpent. Après quoi Mabelle est venue s'asseoir à côté de moi.

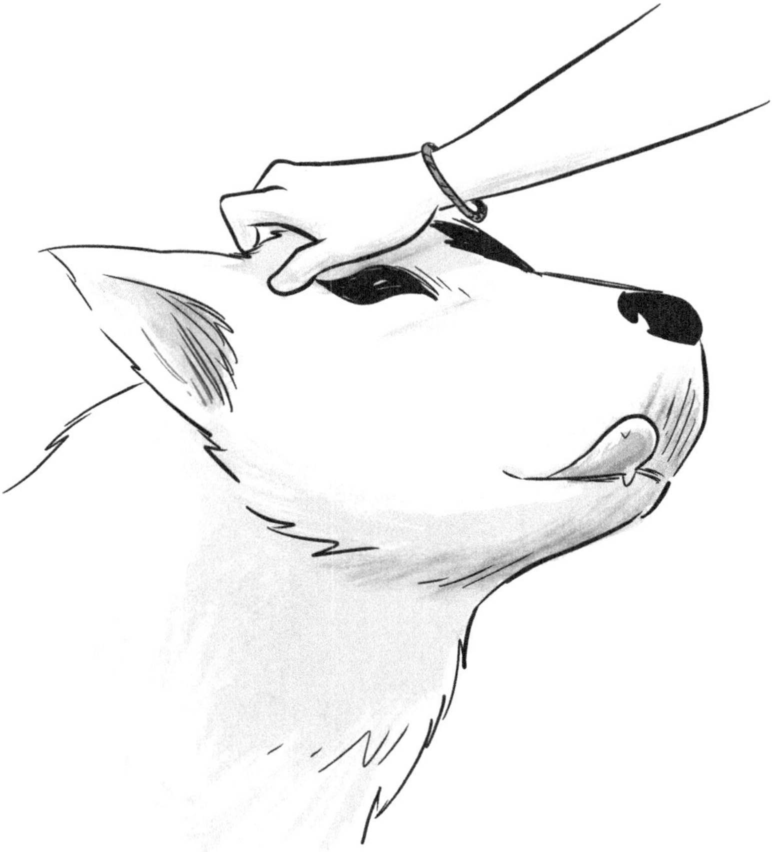

– Salut, Mabelle, lui ai-je dit en la grattant entre les oreilles.

Elle m'a regardée avec ses grands yeux tout mignons comme pour dire : **Merci de nous avoir nourris.**

J'ai ensuite observé en souriant le reste de la meute.

Zip était blotti contre Truffe, qui veillait toujours sur ce pauvre myope. Ils étaient trop chou à voir – ils appartenaient peut-être à la même famille, avant ?

Mini, lui, chassait un grillon qui ne se doutait de rien. Ce chihuahua avait le chic pour se déplacer sans se faire repérer. Je l'avais surpris plusieurs fois en train de chiper de la nourriture aux autres à leur insu. A priori, être petit, ça a parfois du bon !

Et puis, à l'écart du groupe, il y avait Brutus. Il faisait toujours un peu bande à part, mais au moins il n'avait plus attaqué personne depuis le premier jour. J'espérais ne jamais avoir à regretter de l'avoir embarqué avec nous. Je lui trouvais la mine un peu triste.

Quand je l'ai appelé, il a d'abord hésité. Puis il s'est approché, alors je l'ai caressé et il s'est détendu. Il s'est même affalé sur lui-même en grognant. Avec quelques efforts, j'allais peut-être réussir à le mettre à l'aise.

Quelle drôle de troupe, je me disais. En même temps, c'était ma drôle de troupe à moi.

12

DES JOURS ET DES JOURS

Chaque jour, on devenait meilleurs chasseurs. On travaillait en équipe, on découvrait les points forts des uns et des autres.

Truffe était super futé. J'ai vite compris qu'il avait dû être chien d'aveugle, avant. Qui sait, on lui avait peut-être appris à sauver des gens avec un bâton, comme il l'avait fait avec moi ?

Il était aussi doué pour se diriger et pour pister à l'odeur. Quand on chassait, on arpentait la forêt dans tous les sens, et, quand on avait terminé, Truffe savait toujours nous ramener aux voitures rapidement.

Avec ses immenses oreilles, Mini captait les bruits à des kilomètres. Et il pouvait se glisser sans se faire remarquer dans les espaces les plus étroits. Parfois, il surgissait de nulle part et nous faisait bondir, les chiens ou moi. Vu la tête qu'il faisait dans ces moments-là, il devait trouver ça hilarant. Et il n'avait peur de rien, comme je l'avais appris lors de notre première chasse.

Le point fort de Zip, c'était la vitesse. Malgré sa vue très basse, son instinct de lévrier lui permettait de débusquer des proies. Il ne s'éloignait presque jamais de Truffe, sauf pour partir comme une fusée dans les buissons ou… contre des rochers.

Brutus allait et venait à sa guise. On le laissait faire, du moment qu'il n'était pas agressif. Une fois ou deux, j'ai dû m'interposer pour empêcher une bagarre. C'était franchement flippant de regarder dans les yeux un mastiff en pétard. Mais vu que le reste de la meute était de mon côté, Brutus a compris le message assez vite.

Quand il a admis qu'il devait être sage et gentil avec sa meute, les incidents se sont raréfiés. En plus, il était bon chasseur quand il se joignait à nous. Avec sa carrure et ses aboiements puissants, il débusquait toutes sortes d'animaux.

Enfin, il y avait Mabelle. Elle n'arrêtait pas de grandir et devenait de plus en plus rapide et maligne… Sous le masque noir que lui faisait sa tache, ses yeux brillaient d'intelligence. Chaque jour, elle trouvait un nouveau moyen de m'étonner. Des trucs qu'elle apprenait au contact des autres.

Brutus lui avait montré comment flairer les proies. Mini lui avait enseigné à s'en rapprocher discrètement. Elle avait aussi gagné en vitesse – sans doute grâce à Zip – et en agilité.

Quand on chassait, c'était le plus souvent elle qui donnait le coup de grâce. Par contre, elle ne cherchait pas l'attention des autres chiens. Elle était plutôt solitaire. Mais elle était proche de moi, et nous dormions toujours blotties l'une contre l'autre, la nuit.

J'avais l'impression que, d'une certaine façon, on se comprenait.

Enfin, de mon côté, je me répétais chaque matin que mon devoir était de nous trouver à manger pour la journée. Après tout, le lendemain, quelqu'un allait sans doute venir à notre rescousse, pas vrai ?

Sauf que les jours passaient, et que personne ne venait.

On était seuls. Et on s'efforçait de survivre. Les journées sont devenues des semaines, les semaines des mois… Chaque matin, je dessinais un trait dans la portière de la voiture.

On s'est très vite trouvés à court de nourriture « civilisée », et on a dû se contenter uniquement de ce qu'on chassait.

Je m'améliorais de jour en jour à la fronde. J'ai rapidement compris que pour frapper un lézard ou un rat, il ne faut pas viser là où il est, mais là où il va. Je faisais mouche presque à tous les coups.

Je cherchais sans arrêt les cailloux les mieux adaptés, et je refaisais constamment des provisions.

Très vite, le temps s'est mis à changer. L'hiver s'installait, et ça ne me disait rien qui vaille.

Avec l'aide de Truffe, j'ai appris aux autres à rapporter du bois sec. On s'est rapidement constitué une bonne réserve. Les chiens adoraient s'allonger autour du feu après le dîner.

Les mois d'hiver, on se baladait la journée pour se tenir chaud. La nuit, on dormait serrés les uns contre les autres dans les voitures. Heureusement, j'y avais trouvé pas mal de vêtements propres, de sacs de couchage et de couvertures – les nuits pouvaient être très froides.

Mais Dieu merci, le redoux est vite arrivé.

Et puis j'avais des tonnes de livres, trouvés dans des valises abandonnées. Je les avais rangés dans un coffre : livres pour enfants, livres d'histoire, etc.

Quand les chiens somnolaient au soleil, l'après-midi, je m'installais au pied d'un arbre pour lire. Ça chassait la solitude. Parfois, je lisais même à voix haute – les chiens avaient l'air de bien aimer. Ou alors c'était le son de ma voix qui leur plaisait, qui les berçait.

Il n'empêche, malgré mes cinq compagnons, ma famille me manquait. Mes copines aussi. Et même l'école.

Les livres m'aidaient à rester connectée avec le monde des hommes. Et puis, ils m'ont aussi enseigné pas mal de trucs utiles.

Par exemple, c'est dans un livre sur la préhistoire que j'ai appris à faire du feu sans allumettes, en utilisant des bâtons.

Un livre sur les fruits sauvages m'a montré quelles baies de la forêt je pouvais manger, et lesquelles étaient vénéneuses.

Enfin, un livre sur les animaux et leurs habitudes alimentaires m'a aidée à devenir une meilleure chasseuse.

En fait, lorsqu'on connaît le comportement d'un animal et ses habitudes – ses heures de repas, de sommeil –, on sait quand frapper. J'ai vite appris à reconnaître leurs traces, les entrées de leurs terriers, et même leurs déjections.

En général, on trouvait juste assez pour se nourrir au jour le jour. Mais parfois, on avait des restes de viande que je faisais sécher et que je conservais en cas de besoin.

Je n'ai pas mis longtemps à m'habituer au régime de la forêt. Qu'elle me semblait loin, l'époque où mes parents me préparaient mon déjeuner pour l'école : un sandwich et une pomme ou un yaourt à boire ! La faim m'a appris à être moins difficile et plus prévoyante. J'ai même pris goût à la chair de serpent. On mangeait des lézards, des furets, des rats et parfois même des poissons... tout ce qu'on arrivait à attraper, ou presque.

Un jour, j'ai carrément abattu un corbeau avec ma fronde. Mais ça m'a déprimée, et je n'ai plus jamais recommencé. J'ai toujours aimé les oiseaux. Alors, même par grand froid et quand les proies étaient rares,

je résistais à l'envie de voler des œufs dans les nids, ou d'abattre une chouette ou un faucon.

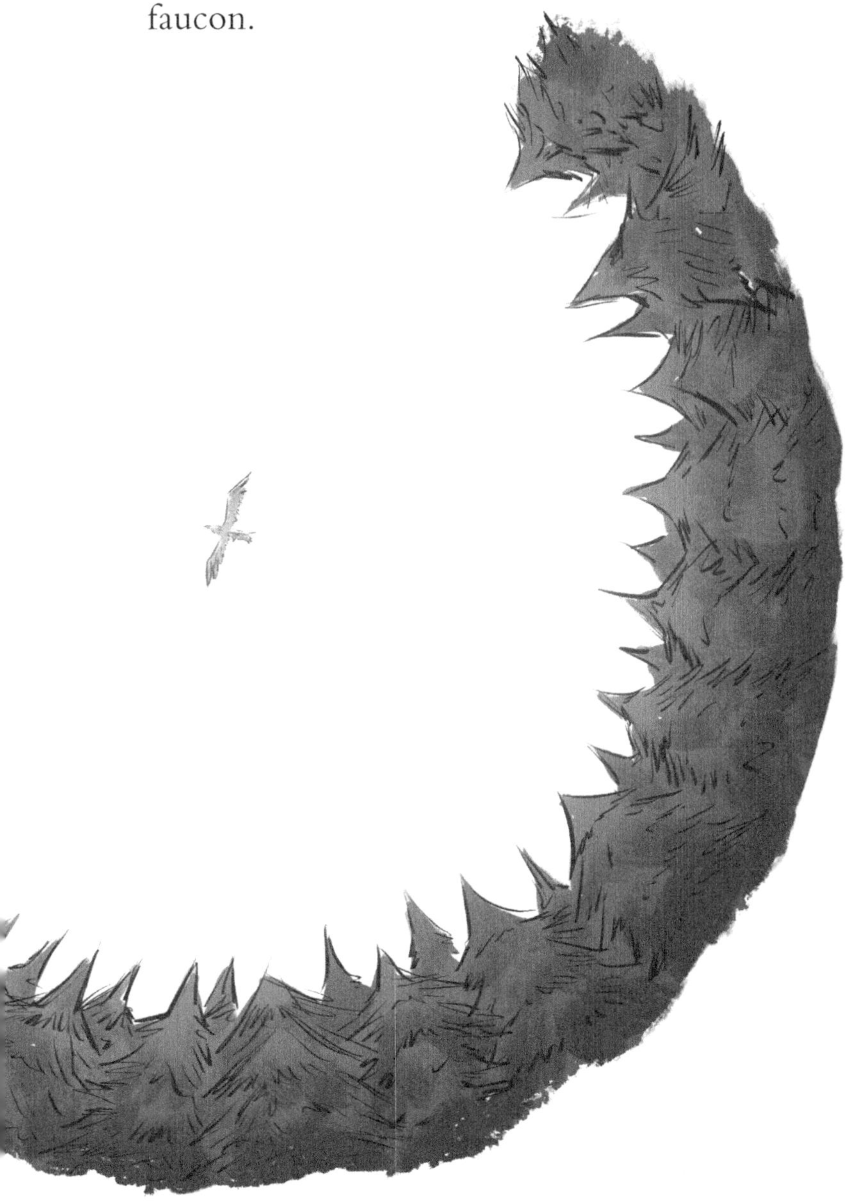

– Les oiseaux, ça ne se mange pas, ai-je déclaré aux chiens. On les laisse tranquilles.

Comme tu veux. De toute façon, les rats, ça nous va très bien.

Cela dit, j'ai découvert par la suite que certains oiseaux méritaient qu'on s'occupe d'eux.

13

YIP, YIP

On s'aventurait toujours plus profondément dans la forêt pour trouver à manger. Le soir, on n'avait plus à retourner aux voitures car je savais quoi emporter pour passer une nuit ou deux à la belle étoile. Cela nous permettait aussi d'explorer la montagne.

Un jour, alors qu'on était montés plus haut que jamais, les oreilles de Mini se sont brusquement dressées. Le chihuahua s'est perché sur un rocher, aux aguets. Moi aussi je tendais l'oreille – avec l'habitude, j'arrivais à capter de simples bruissements ou pépiements que je n'aurais pas remarqués auparavant. Là, je n'entendais rien de particulier. Mini a alors incliné la tête et émis un petit aboiement.

Suivez-moi, les amis.

On s'est tous élancés derrière lui dans l'ascension de la pente. Et très vite, j'ai découvert ce qui le mettait dans cet état. Un **yip, yip** nous parvenait d'une saillie rocheuse, en hauteur. C'est là que j'ai repéré un gigantesque nid.

Les chiens se sont attroupés au pied de la paroi rocheuse.

On fait quoi ?

– C'est un nid d'aigle…, ai-je annoncé. Mieux vaut ne pas s'en approcher.

J'ai scruté le ciel au cas où j'apercevrais des aigles. Rien. À un moment, j'ai cru voir un petit avion, très haut, qui filait vers le nord. Et puis il a disparu, le ciel était de nouveau limpide.

– Les parents de cet aiglon vont revenir bientôt, ai-je déclaré.

Les chiens m'observaient sans bouger.

– Les oiseaux, ça ne se mange pas, vous vous rappelez ?

Mabelle a fourré sa truffe dans ma main en gémissant.

– Tu as envie de jeter un coup d'œil, hein ?

Elle ne me réclamait pas à manger. Elle me signalait un problème.

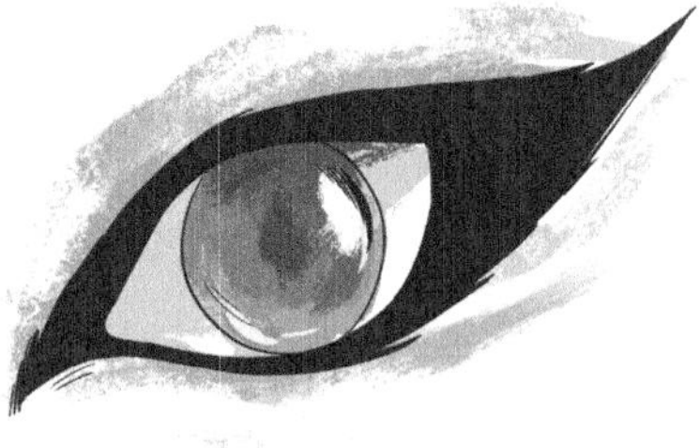

Au fil du temps, j'avais appris que les chiens percevaient des choses que la plupart des humains ne captaient pas. Ils savaient qu'il allait pleuvoir bien avant que les premières gouttes ne tombent. Ils savaient si j'étais contente, triste, fatiguée ou en colère – même quand j'essayais de le leur cacher. Leurs sens étaient très affûtés, je m'en étais rendu compte petit à petit.

Papa m'avait toujours répété d'écouter mon instinct – et là, mon instinct me dictait d'écouter les chiens.

J'ai examiné le nid plus attentivement. Le bord semblait en mauvais état. Hélas, pour l'atteindre, il fallait grimper le long d'une paroi quasi verticale de dix mètres, avec très peu de prises.

Heureusement, j'avais fait des progrès en escalade, à force de monter aux arbres pour cueillir des baies ou chasser des serpents et des rats.

– OK, les amis, ai-je décidé, je vais y aller.

Les chiens agitaient la queue comme des fous quand j'ai entamé l'ascension. J'aurais bien voulu qu'ils arrêtent d'aboyer, pour une fois. C'est que, j'avais beau ne pas regarder en bas, leurs voix me rappelaient que j'étais loin du sol…

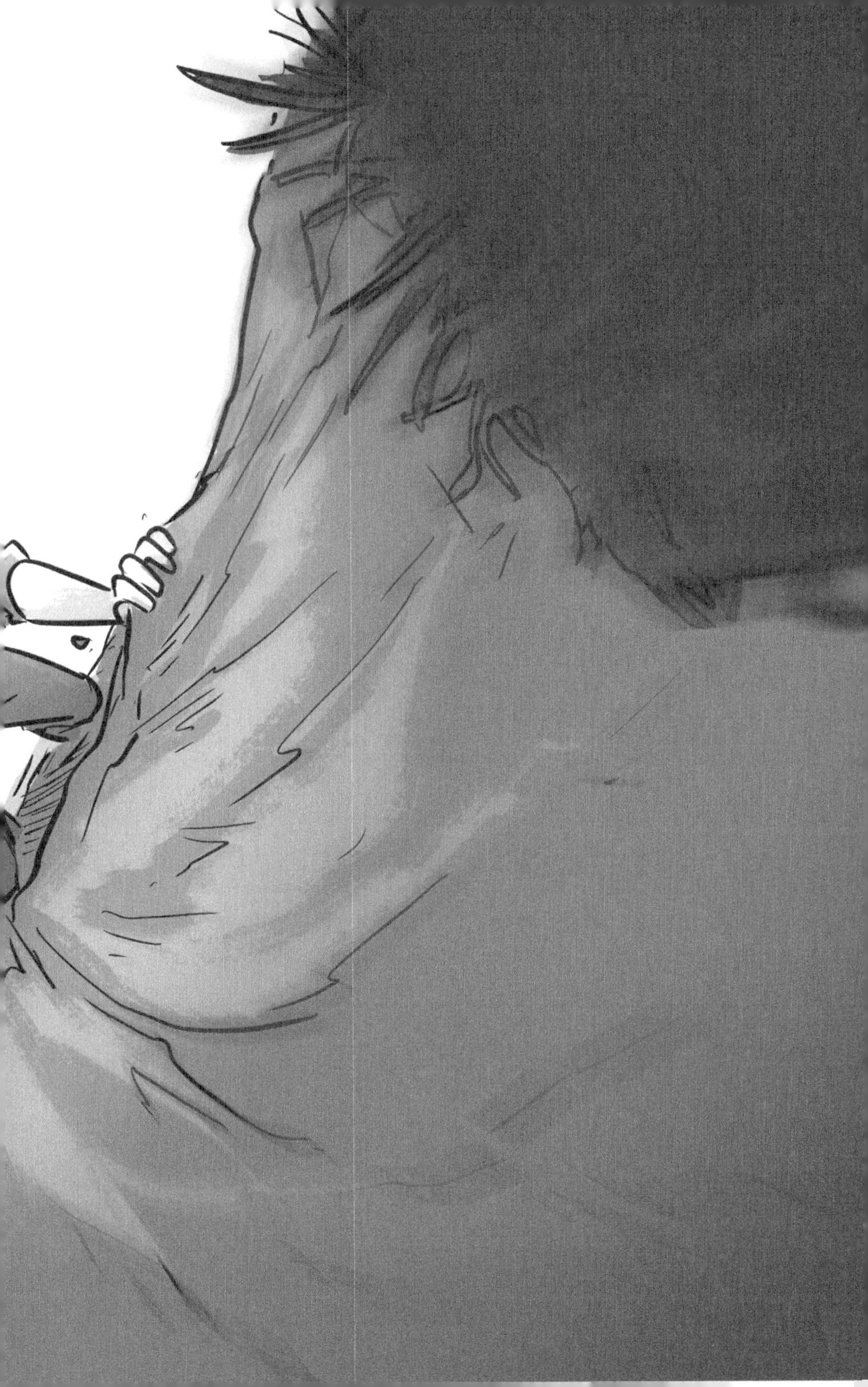

Après ce qui m'a paru durer une éternité, j'ai enfin atteint le sommet. Je me suis hissée sur la saillie rocheuse où était installé le nid. Et quand j'ai regardé à l'intérieur, je suis restée bouche bée.

Il y avait là deux oisillons.

L'un était mort, couché sur le flanc, immobile, les pattes repliées contre la poitrine. L'autre était vivant, mais tout juste. Maigre comme un clou, avec de grands yeux qui ressortaient de sa petite tête. Je voyais distinctement ses côtes sous son duvet.

– Coucou, toi, ai-je murmuré.

– Tu as faim ?

Question débile. Le pauvre n'avait visiblement rien avalé depuis longtemps. Son frère avait dû mourir de faim.

Yip, Yip !

J'ai sorti de mon sac un morceau de viande séchée. Du rat. J'en ai coupé un tout petit bout que j'ai donné à l'aiglon. Il l'a pris dans son bec mais n'a pas pu l'avaler.

– Trop dur, hein ?

Je me suis alors rappelé une photo vue dans un livre sur les animaux : une maman oiseau donnait à ses petits de la nourriture qu'elle régurgitait.

J'ai donc mâché le bout de rat. Quand il a été tout mou, je l'ai craché dans ma main. Puis j'en ai pris un micro-fragment que j'ai posé délicatement dans le bec de l'oisillon.

GLOUP !

Il l'a avalé sans peine puis a rouvert le bec.

– Ça t'a plu, on dirait ?

Yip, Yip !

J'ai continué comme ça jusqu'à ce qu'il arrête de réclamer.

– Je ne peux pas t'abandonner tout seul ici…, ai-je murmuré.

Ses parents n'allaient visiblement pas revenir.

– D'habitude, les oiseaux, je n'y touche pas. C'est la règle. Mais si je te laisse là, tu risques de mourir.

J'ai accroché une corde que j'avais dans mon sac au sommet de la saillie : la descente s'annonçait moins effrayante.

J'ai basculé mon sac sur mon ventre pour en faire un porte-bébé.

L'aiglon me fixait de ses gros yeux craquants. Je l'ai posé délicatement sur une touffe d'herbe qui tapissait le fond du nid. Puis j'ai placé le tout dans mon sac.

– C'est parti, mon bébé, on rentre.

Et j'ai redescendu la paroi rocheuse en rappel, en veillant bien à ne pas écraser mon sac et son précieux passager.

Quand ensuite on a regagné les voitures, j'ai gardé mon sac contre ma poitrine, pour éviter que les chiens ne s'en approchent.

Seule Mabelle semblait avoir compris le message. Les autres bondissaient devant moi pour jeter un œil dans mon sac. Je les repoussais doucement du genou.

J'ai même dû crier deux ou trois fois pour leur rappeler qu'on ne mangerait pas cet oisillon. Brutus me tournait autour avec un regard vorace, mais il savait que je pouvais être plus méchante et plus rageuse que lui quand je le voulais. Il a fini par se faire une raison.

Les chiens savaient que j'étais leur cheffe. C'est moi qui rapportais le plus de nourriture. Et cet aiglon n'en était pas, bien au contraire. Il allait faire partie de la famille.

14

LA LOUVE

Peu à peu, j'ai perdu la notion du temps. Il nous arrivait de partir plusieurs jours d'affilée, et j'oubliais combien je devais en marquer dans la portière à notre retour. Et puis, parfois, j'avais juste des choses plus importantes à faire. Le temps, les dates, ça compte moins quand il n'y a pas d'école, de week-end à attendre ou d'anniversaire à fêter.

Plus étrange encore : je n'avais toujours pas croisé d'autres humains. J'étais comme seule au monde.

Cela dit, j'avais toujours à faire.

Les premiers mois, je nourrissais Bec en lui prémâchant de la viande. Tant qu'il était petit, je le gardais à part, dans une voiture

dont j'avais légèrement baissé les vitres, « niché » dans un panier posé sur la banquette arrière. Même si les chiens ne représentaient plus de danger à mes yeux – après tout, Mini m'avait conduite à son nid et Mabelle m'avait fait comprendre qu'un oisillon avait besoin d'aide là-haut – je ne voulais prendre aucun risque. Surtout avec Brutus dans les parages. Les chiens oublient parfois certains principes, notamment quand ils sont foufous ou qu'ils ont faim.

Quand on partait chasser, j'emmenais Bec dans un panier que je pouvais suspendre à une branche.

Un jour, alors que je mettais trop de temps à lui prémâcher son repas, il m'a arraché un bout de viande des mains et l'a gobé d'un coup. Ce n'était plus un petit oisillon fragile.

Il grandissait et s'est bientôt mis à s'entraîner à décoller de mon épaule. Au début, il redescendait presque immédiatement, mais il a rapidement appris à battre des ailes plus vite, et il se posait de plus en plus loin. Dix mètres, vingt mètres. Je savais qu'il n'allait pas tarder à couvrir de longues distances.

À ce stade, je n'avais plus à rappeler aux chiens qu'ils devaient le laisser tranquille. Ils savaient parfaitement que s'ils embêtaient Bec, ils risquaient un coup de… bec sur la truffe.

Bec n'était pas le seul à grandir au pas de course. Moi aussi. En plus, je m'étais musclée à force de courir avec les chiens et de lutter pour survivre dans la nature.

Heureusement, j'avais à ma disposition des valises entières d'habits de toutes sortes et de toutes tailles. Pas mal d'entre eux étaient trop grands ou trop moches, mais je me moquais d'avoir l'air tarte, puisque personne ne pouvait me voir. Aucun être humain, disons. Le tout, c'était que je sois à l'aise et que je puisse courir et grimper aux arbres. Bon, j'avoue que j'ai aussi essayé de déguiser les chiens pour rigoler, mais ils n'étaient pas fans.

Enfin, mes cheveux m'arrivaient presque à la taille.

Mais je n'étais pas celle qui grandissait le plus vite, dans notre groupe. La championne, c'était Mabelle.

Elle n'avait plus rien d'une petite chienne. Elle dépassait même Brutus. Ses taches, ses crocs, ses hurlements, tout me prouvait que Mabelle était en réalité…

Une LOUVE !

Elle avait presque un gabarit de lion.

Elle me faisait penser à un lion, d'ailleurs : son pelage doré s'épaississait autour du cou, comme une crinière.

Mabelle était dotée d'une force colossale. Souvent, elle promenait Bec, perché sur son dos, quand on chassait.

Un jour, on était allés chasser alors qu'il pleuvait. On avait attendu toute la matinée que la pluie cesse, mais elle avait au contraire redoublé. Du coup, en milieu d'après-midi, on était quand même partis. On suivait un lézard dans les sous-bois.

J'aurais dû être plus prudente, comme les chiens, mais j'avais super faim et j'étais surexcitée à la vue d'un repas potentiel. J'ai sauté par-dessus une racine et je me suis réceptionnée sur un caillou mouillé. Ma jambe a tourné, je me suis foulé la cheville.

Je ne pouvais plus poser le pied droit.

Je n'allais pas pouvoir marcher de sitôt, et encore moins courir.

Les chiens se sont attroupés autour de moi sans trop savoir quoi faire.

Tout va bien ?

– Je me suis fait mal, ai-je déclaré en me touchant délicatement la cheville.

Mabelle s'est inclinée devant moi. Je ne comprenais pas trop… Et puis, ça m'est venu : elle semblait m'inviter à grimper sur son dos.

Je n'avais encore jamais monté d'animal, alors un loup…

– Tu es sûre, Mabelle ? l'ai-je interrogée.

Elle a paru insister, elle s'est même inclinée un peu plus.

Alors j'ai tendu le bras à Bec, qui s'y est accroché pour aller se percher sur mon épaule. Puis j'ai empoigné le pelage épais de Mabelle pour me hisser sur son dos, comme si elle était un poney.

J'avais peur de lui faire mal, mais elle n'a même pas gémi. Elle s'est relevée tout doucement puis a fait quelques pas prudents, le temps que je m'habitue.

– C'est bon pour toi, Mabelle ? ai-je demandé.

Elle a agité la queue avant de s'élancer brusquement.

Je me suis cramponnée. C'était à la fois terrifiant et fabuleux. Comme faire de la moto… sur un engin sauvage au poil doré

qui avancerait à grands bonds. Sensation bizarre au début, mais j'ai très vite adoré !

Ma douleur à la cheville s'est envolée.

– Venez, on retourne chasser, les amis ! ai-je lancé.

Les chiens ont aboyé avec enthousiasme. Bec a lâché un énorme **YYYIIIAAAK.** Et on s'est enfoncés dans la forêt, évoluant plus vite que jamais, sans doute parce que les chiens n'avaient plus à attendre que je les rattrape avec mes petites jambes d'humaine.

15

DANS LE CIEL

Les jours suivants, le temps que ma cheville guérisse, j'ai chevauché Mabelle quand on s'aventurait en forêt.

Au début, j'avais peur qu'elle ne fatigue, mais elle semblait posséder une force inépuisable. En pleine course, je dégommais des proies avec ma fronde. Comme une pro !

Le plus fou, c'est que, quand j'ai été en état de marcher et courir à nouveau, Mabelle a continué de m'offrir ses services. Elle semblait s'y être habituée, et je crois bien que ça nous plaisait autant à l'une qu'à l'autre.

Un jour qu'on s'apprêtait à partir, Bec s'est élancé de mon épaule, mais, au lieu de se poser un peu plus loin, il s'est éloigné à grands battements d'ailes.

– Vas-y, Bec ! ai-je crié.

Sous nos yeux ébahis, il a commencé à prendre de la hauteur.

– Bats des ailes !

Il montait toujours plus haut.

– Vole, Bec ! Vole !

Il rapetissait à mesure qu'il s'éloignait, et bientôt on ne l'a plus vu.

Les chiens et moi, on guettait son retour.

À moins que… Bec ne nous ait quittés pour de bon ?

On scrutait le ciel, à l'affût du moindre mouvement. En vain.

Bec était parti.

J'ai ressenti un mélange de joie et de tristesse. J'étais contente qu'on l'ait sauvé, qu'on se soit occupés de lui le temps qu'il soit capable de voler de ses propres ailes, mais… je m'étais attachée à lui.

– Au revoir, Bec, ai-je dit.

Dans le silence qui a suivi, j'ai eu l'impression que c'était un petit frère qui s'était envolé.

Je ne crois pas que les chiens aient été aussi peinés que moi, mais ils ont malgré tout gémi, la tête basse. Mabelle, surtout.

– Et voilà, les gars, on se retrouve seuls. Venez, on va chercher à manger.

Le cœur lourd, on est retournés dans la forêt. On ne chassait pas depuis très longtemps quand j'ai entendu un cri familier.

YYYIIIAAAKK!

Mes poils se sont dressés sur ma nuque.

YYYIIIAAAKK!

Les chiens se sont mis à aboyer comme des dingues en sautant sur place.

Et là, surgi de nulle part, un truc est tombé du ciel pile à nos pieds.

Un lézard mort.

Qu'est-ce que… ?

Brusquement, Bec est descendu entre les arbres et s'est posé devant nous.

– Bec ! Tu es revenu.

Il m'a regardée dans les yeux, puis a scruté le lézard.

– Oh, Bec, tu nous as apporté à manger !

D'un battement d'ailes, il est venu se percher sur mon bras. Il a incliné la tête, alors je l'ai embrassé. Ça lui a plu.

C'était un oiseau magnifique. Il méritait d'être libre… même si j'en souffrais.

– Tu peux partir vivre avec les autres aigles si tu veux, Bec. Rien ne t'oblige à rester avec nous.

Mon cœur se serrait, mais je savais que c'était ce qu'il fallait dire.

Bec m'a scrutée de ses grands yeux. Puis il a observé les chiens. Il a ensuite bondi de mon bras et est allé se poser sur une branche d'arbre.

YYYIIIAAAKK!

Il nous a regardés.

YYYIIIAAAKK!

Il s'est perché un peu plus loin.

YYYIIIAAAKK!

YYYIIIAAAKK!

Les chiens lui ont couru après. Ils avaient compris avant moi que Bec voulait qu'on le suive. Il voletait d'arbre en arbre, attendant qu'on l'ait rattrapé pour passer au suivant.

Il nous a conduits comme ça jusqu'à une saillie rocheuse sur laquelle quatre gros lézards prenaient le soleil.

Bec nous avait trouvé à manger !

16

NOSTALGIE

Ce soir-là, on a dégusté notre plus gros festin depuis belle lurette. Assise auprès de mon aigle, de ma louve et de mes quatre chiens, j'étais au comble du bonheur. J'ai compris que désormais, c'étaient eux, ma famille. Bec et les chiens étaient devenus mes frères ; Mabelle, ma meilleure amie.

Je les aimais passionnément.

J'étais séparée de ma famille humaine depuis longtemps, et bien qu'ils ne soient pas venus à mon secours, ils me manquaient encore terriblement. Même si je n'espérais plus trop les retrouver un jour. Malgré tout, la douleur était moins forte que les premiers

temps. D'ailleurs, j'avais de plus en plus de mal à me rappeler leurs visages.

Ce soir-là, j'ai compté les marques que j'avais tracées sur la portière. Sans être super exactes, elles indiquaient qu'il s'était écoulé environ quatre ans depuis notre séparation. Je n'étais plus une petite fille perdue. J'étais devenue une chasseuse. Une survivante. La cheffe d'une meute d'animaux qui était à présent ma famille.

Ma vie allait-elle ressembler à ça, désormais ? Je l'ignorais. Par contre, j'étais bien déterminée à ne pas perdre cette nouvelle famille. À faire tout ce qu'il faudrait pour protéger ma meute.

Il n'empêche, assise avec eux, un souvenir m'est revenu : maman, papa, Kate et moi installés autour d'un autre feu de camp, en train de faire griller des guimauves. J'ai fermé les yeux un moment, et il m'a presque semblé entendre leurs voix, leurs rires.

Pour la première fois depuis des mois, une larme a coulé sur ma joue.

17

LE MÉDAILLON

Un jour, je cueillais des baies en lisière de la forêt, au lendemain d'un terrible orage.

La pluie et la grêle avaient bouleversé le paysage. Des branches cassées jonchaient le sol, et des ruisseaux d'eau de pluie sillonnaient les bois.

Tout à coup, Mabelle a surgi d'un buisson et s'est plantée devant moi, sa belle poitrine dorée bombée fièrement, son regard perçant rivé sur le mien. Elle transportait un objet brillant dans sa gueule.

J'ai tendu la main. Elle a lâché l'objet.

J'ai d'abord cru qu'il s'agissait d'un bout de quartz ou de verre, mais… j'ai vite compris que c'était un médaillon.

Mon cœur s'est serré.

Je reconnaissais ce bijou. Les doigts tremblants, je l'ai ouvert. Quatre visages souriants me regardaient.

Ma famille.

Si j'avais jusque-là eu du mal à me rappeler leurs traits, je les avais maintenant devant moi qui semblaient m'interroger :

Tu nous as oubliés, Gwen ?

Des larmes se sont écrasées sur le médaillon.

Je savais ce que j'avais à faire.

J'ai bouclé mes affaires dans un tourbillon d'émotions : euphorie, tristesse, nostalgie et peur tout emmêlées.

Je ne prévoyais pas une sortie d'une journée, ni de trois, ni même d'une semaine – notre record. Non, je partais pour de bon.

J'ai rempli des sacs de bouteilles d'eau et de bois pour le feu ; j'ai pris toute la viande séchée qu'il nous restait ; j'ai rassemblé vêtements chauds, couteaux, ciseaux, ainsi qu'une tente que j'avais dénichée.

On a ensuite pris un sac chacun – hormis Bec et Mini.

J'ignorais combien de temps il me faudrait pour découvrir ce qu'était devenue ma famille, mais je comptais trouver la réponse coûte que coûte. S'ils étaient encore en vie, pas question de baisser les bras avant de les avoir retrouvés.

J'ai repensé au jour où on avait sauvé Bec. Dans le ciel, j'avais cru voir passer un avion.

– OK, les amis, ai-je dit. On va faire un long voyage. De l'autre côté de la montagne.

Ils m'interrogeaient avec leurs grands yeux de bons toutous, sans trop comprendre ce qui se passait. Mais ils sentaient qu'il y avait du changement dans l'air.

– Vous êtes partants ? ai-je demandé.

Ils ont remué la queue, comme pour dire : **C'est toi la cheffe !**

– Et toi, Bec ?

L'aigle a pressé sa tête contre ma joue.

J'ai promené mon regard sur l'immense file de véhicules. Plus d'un était désormais rouillé, certains étaient même envahis par la végétation. Cette route tranquille était ma maison depuis quatre ans. Je m'y sentais chez moi, mais… quelque chose me soufflait qu'elle ne me manquerait pas.

Et il n'y avait qu'un moyen de le savoir !

– OK, l'équipe… en route ! ai-je décidé.

18

L'AUBE

Le début du voyage a été facile. On connaissait le terrain par cœur, on croisait des bêtes qu'on avait l'habitude de chasser. Mais une fois le sommet de la montagne franchi, notre meute est descendue dans une vallée inconnue.

On se serait crus dans un autre monde. Des plantes étranges poussaient là, les feuillages étaient plus denses, les animaux plus gros – les insectes, les lézards, les rats… Moi qui croyais que les serpents qu'on avait attrapés jusque-là étaient énormes, voilà qu'on avait à présent affaire à des pythons mesurant plus de deux mètres !

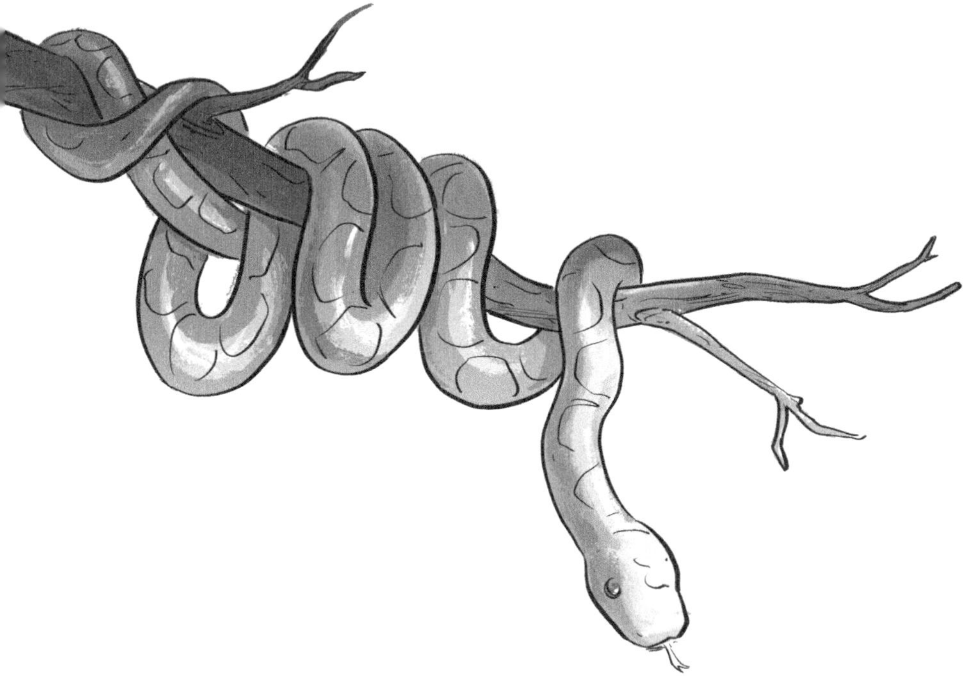

Heureusement que la viande ne manquait pas, car on faisait d'épuisantes journées de marche.

Un soir, alors qu'on venait de s'installer pour la nuit, les chiens se sont mis à aboyer fort. Presque en panique.

Au bout d'un moment, j'ai moi aussi perçu quelque chose d'étrange dans le vent.

Au contact de ma meute, j'avais appris à ressentir les mêmes choses. À écouter mon instinct aussi. J'avais même développé un sixième sens. En situation de danger, j'avais le bout des oreilles glacé. Là, c'était le cas.

Brusquement, une cavalcade puissante a retenti. Je me suis tournée vers ce bruit et j'ai vu un sanglier jaillir des buissons et percuter Brutus.

J'ai voulu courir vers lui, mais quelque chose m'a renversée par-derrière. Un roulé-boulé, et je me suis retrouvée face à un autre énorme sanglier qui pointait ses défenses dans ma direction. La bête a grogné avant de s'élancer vers moi.

Au même instant, une silhouette dorée s'est jetée dessus en grondant. Mabelle a enfoncé ses crocs dans le cou de la bête, dont le grognement s'est changé en glapissement. Mabelle l'a mise à terre dans une gerbe de sang, le glapissement a cessé net. Mon amie s'est alors redressée, les babines dégoulinantes, le regard fou.

Je ne l'avais jamais vue aussi « louve » qu'à cet instant.

Je me suis aussitôt tournée vers Brutus, Truffe et Zip qui combattaient le premier sanglier. Mini jappait de peur, non loin de là. Lui d'habitude si courageux ne se sentait pas de taille à se mesurer à un tel prédateur.

Derrière lui, des bruissements menaçants agitaient les sous-bois.

– Mabelle, va aider Mini ! ai-je lancé, pantelante.

Mini a dû sentir la menace lui aussi, car il a déguerpi à l'instant même où un troisième sanglier – plus petit que les autres – s'est mis à le charger.

La bête gagnait rapidement du terrain. Mabelle l'a prise en chasse, mais j'ai tout de suite vu qu'elle n'arriverait pas à temps.

Au moment où le sanglier s'apprêtait à transpercer Mini de ses défenses, deux ailes dorées sont descendues du ciel et ont emporté le chihuahua dans les airs.

YYYIIIAAAK !

Bec avait saisi Mini par les flancs!

Le sanglier a ralenti, surpris de voir sa proie s'envoler. J'en ai profité pour le rattraper. D'instinct, pour protéger ma meute, j'ai rugi et je me suis jetée sur lui, mes bras rivés autour de son cou. Il m'a secouée comme un diable pour me désarçonner, mais j'ai tenu bon.

– Aaaarrrgh ! ai-je hurlé.

Le sanglier a titubé sous mon poids, puis il s'est écroulé à moitié sur moi. Ses pattes battaient dans le vide.

Mabelle tournait autour de nous en grondant, prête à intervenir, à finir le travail.

– Je gère ! lui ai-je assuré en étranglant le sanglier de toutes mes forces.

Quatre années passées à chasser, à courir et à grimper aux arbres m'avaient pas mal musclée. Le combat m'a paru durer des heures, mais le sanglier s'affaiblissait à mesure que la vie le quittait. À la fin, avec le peu de force qu'il me restait, j'ai repoussé son corps. Mabelle s'est approchée de moi.

Brutus, Zip et Truffe avaient réussi à faire fuir le premier sanglier.

Brutus n'était pas trop mal en point malgré la brutalité de l'attaque qu'il avait subie.

Les caresses que je lui ai prodiguées lui ont quand même fait du bien.

– Bon chien, Brutus. C'est fini, maintenant.

Il a levé les yeux vers moi comme pour dire :

Je me suis battu de toutes mes forces.

– J'ai vu, j'ai vu, lui ai-je dit en souriant.

Truffe et Zip avaient eux aussi pris des coups, mais ça ne les empêchait pas d'aboyer en direction du fuyard :

C'est ça, cours, si tu tiens à la vie !

Mabelle, elle, restait bien droite sur ses pattes, la poitrine bombée, les babines dégoulinantes de sang. Elle scrutait les environs, s'assurant que le danger était passé.

Je la trouvais si forte, si majestueuse… Son pelage doré me rappelait le soleil levant – d'ailleurs, elle nous avait sauvé la vie, comme les premières lueurs de l'aube triomphent des ténèbres glacées de la nuit.

La Mabelle que je connaissais n'existait plus.

Dorénavant, j'allais l'appeler… Aurore.

Moi-même, je découvrais des sensations nouvelles. J'ai posé mon regard sur les bras et les jambes qui m'avaient permis de tuer un sanglier. Mon cœur cognait fort, d'une forme de fierté. À ce moment-là, je me suis sentie davantage louve que fille.

19

UNE VRAIE FAMILLE

J'avais avec moi une gigantesque louve, deux sangliers morts, trois chiens valeureux, un aigle perché dans un arbre… à côté d'un chihuahua qui aboyait comme un fou.

Le moment était mal choisi pour rire, mais ça a été plus fort que moi. Un chihuahua dans un arbre !

– Descends, Mini ! l'ai-je appelé en tendant les bras pour le rattraper.

Ça va pas, non ? Pas question que je saute !

– Bec, tu veux bien me le ramener ?

Bec a saisi la croupe de Mini dans ses serres. En quelques battements de ses énormes ailes, il l'a amené jusqu'au sol, en toute sécurité.

Les autres chiens sont venus aux nouvelles, mais Mini leur a jappé à la truffe. Évidemment qu'il allait bien, il n'avait pas tremblé une seule seconde !

Alors je me suis tournée vers ma louve.

– Mabelle, à partir de maintenant je vais t'appeler Aurore. Ça te va ?

Elle a levé la tête, fièrement.

– Oui, Mabelle c'était parfait quand tu étais petite. À présent, il te faut un nom plus majestueux.

Et je lui ai tapoté le crâne.

– Venez, tout le monde ! ai-je embrayé.

Les chiens se sont attroupés autour de moi, je les ai enlacés du mieux que j'ai pu. Et on est restés blottis les uns contre les autres.

C'était la première grosse attaque qu'on subissait, et on avait survécu tous ensemble.

On formait une famille. On veillait les uns sur les autres.

20

L'AVION

J'ai eu beaucoup de mal à découper et à faire cuire la viande de sanglier, mais ça en valait la peine. Franchement meilleure que celle des serpents et des rats !

En plus, elle nous a duré plusieurs jours. Et tant mieux, car on évoluait à présent au fond de la vallée, où la marche était difficile.

Plus on avançait, plus la végétation se densifiait. Il me fallait souvent couper des branches qui nous barraient le passage. Cela dit, rien n'arrêtait notre meute. Jour après jour, pas à pas, on progressait.

Et je guettais toujours des signes de présence humaine. Sans succès.

Une fois par jour, je grimpais au sommet d'un grand arbre pour tenter ma chance. Mais je ne découvrais qu'un océan de cimes d'arbres et la pente de la montagne, au loin.

Jusqu'au jour où j'ai perçu un grondement dans le ciel.

Les chiens, inquiets, ont dressé les oreilles. Peut-être craignaient-ils une nouvelle attaque de sangliers.

C'est quoi ? C'EST QUOI ?

– Ne bougez pas, ai-je réclamé en escaladant un arbre aussi vite que possible.

Arrivée au sommet, j'ai écarté les feuilles, découvert un bout de ciel…

Et un avion qui filait vers le nord.

Cette fois, j'étais sûre de ne pas être le seul être humain sur Terre. Quelque part au nord, il y en avait d'autres. Et peut-être pas si loin que ça. Je ne savais pas trop quoi en penser. Ni ce que cela signifiait pour ma meute.

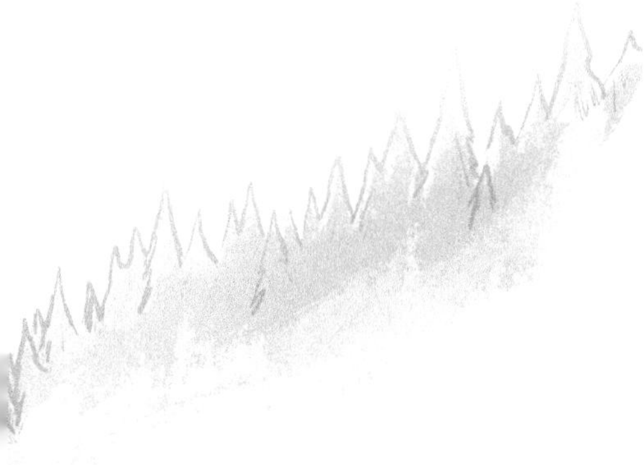

J'ai regardé au pied de l'arbre. Cinq visages apeurés m'observaient. Comment des êtres humains allaient-ils réagir à l'arrivée d'une gigantesque louve, de quatre chiens foufous et d'un redoutable oiseau de proie ?

21

DES GENS

On marchait depuis un mois entier, et on commençait à s'épuiser.

Et puis, un matin, Mini a dressé les oreilles. J'ai su qu'il avait entendu quelque chose. Quelques instants plus tard, je l'entendais aussi. Je me suis figée, concentrée, essayant d'oublier les chants d'oiseaux et les bruissements de forêt pour me focaliser sur… voilà ! Un grondement grave, pas très loin. Et cette fois, il ne venait pas du ciel.

On aurait dit un moteur.

Les chiens m'ont interrogée du regard, eux aussi avaient entendu ce bruit étrange et ils percevaient mon excitation.

– Je crois qu'il y a des gens par ici, les amis, ai-je déclaré.

Comme ils ne comprenaient pas, je me suis désignée du doigt et j'ai précisé :

– Des gens comme moi ! Venez vite, on y va !

J'ai couru dans la direction du grondement, slalomant entre les arbres, écartant tout ce qui se dressait sur mon passage. Je devais trouver l'origine de ce bruit avant qu'il cesse ! C'était peut-être un avion qui s'apprêtait à décoller ? À cette simple idée, j'ai redoublé d'efforts.

Le rideau des arbres s'est brusquement ouvert sur une clairière. Mes chiens se sont éparpillés alentour, aveuglés par le soleil.

Je n'avais pas vu d'être humain depuis des années. Je suis restée bête. À quelques pas de moi, près d'un camion marron dont le moteur tournait, deux hommes vêtus d'habits verts creusaient des trous dans la terre.

Ils se sont arrêtés et se sont tournés vers nous, surpris par notre irruption.

Aurore s'est postée près de moi, les chiens aussi. Un cri dans le ciel m'a signalé que Bec décrivait des cercles au-dessus de nous. J'ai senti que le bout de mes oreilles était gelé. Était-ce dû uniquement à l'excitation ? Je n'aurais pas su le dire.

– Salut, petite, m'a lancé un des hommes.

Il arborait une grosse moustache et portait une casquette.

– Qu'est-ce que tu fabriques ici ? a-t-il ajouté.

J'ai ouvert la bouche, mais je n'ai réussi à produire qu'une espèce de croassement.

Aurore a émis un grondement grave et menaçant. Les hommes l'ont regardée d'un œil inquiet. Puis ils se sont de nouveau tournés vers moi, les sourcils froncés.

– Tu sais parler, petite ? a demandé le moustachu. Et ton loup, il est dressé ? Tu es qui, d'abord ?

Je me suis éclairci la voix puis j'ai réessayé de répondre :

– Je… ma famille…

– Tu t'appelles comment ?

Mon cœur martelait ma poitrine, et une série de souvenirs me sont revenus en mémoire : papa qui me portait sur ses épaules, maman qui me bordait, Kate qui regardait la télé avec moi sur le canapé…

Je n'avais pas prononcé mon prénom depuis si longtemps.

– Je m'appelle Gwen.

– Très bien, Gwen. Tu vas venir avec nous.

– Vous allez… m'aider à… retrouver ma mère ? Ma famille ?

Le moustachu a souri.

– Mais bien sûr, a-t-il répondu en me faisant signe de grimper dans son camion.

Ces hommes allaient m'aider à retrouver mes parents et ma sœur !

Même la sensation de froid toujours présente au bout de mon oreille droite n'a pu vaincre mon envie de revoir ma famille. Je suis montée à l'arrière du camion.

– Et mes chiens ? ai-je voulu savoir.

– On ne peut pas les emmener.

– Mais si ! Je ne peux pas les abandonner !

J'ai aussitôt voulu descendre, mais l'autre homme m'a brusquement repoussée à l'intérieur et a claqué la portière.

Mes chiens sont devenus fous, ils ont bondi sur cet inconnu mais il a réussi à grimper dans la cabine. Son collègue s'est vite installé au volant et a démarré. Le camion s'en allait m'emportant à son bord, sous les yeux de ma meute impuissante.

– NOOOOOON !!

Entre les barreaux de la portière, j'ai vu mes chiens qui nous couraient après comme des fous.

Relâchez-la !

– Laissez-moi descendre ! ai-je crié.

En pure perte. Les hommes ne m'écoutaient pas et le camion prenait de la vitesse. Ma meute n'allait pas tenir le coup. Je la voyais déjà rapetisser dans notre sillage.

Qu'est-ce que j'ai fait ?!

Ces deux hommes étaient méchants. Comment mes chiens allaient-ils me retrouver ?

Mais tout à coup, j'ai entendu un énorme…

YYYIIIAAAK !

Dans le ciel, j'ai aperçu Bec qui planait très haut au-dessus de la route. Il n'avait aucun mal à nous suivre.

J'ai fermé les yeux et adressé une prière à ma famille d'animaux.

Bec, Mini, Brutus, Truffe, Zip... Aurore. Je vous en supplie, retrouvez-moi.

À SUIVRE...

L'aventure continue !
Retrouve bientôt la suite
de Wolf Girl...

Achevé d'imprimer en janvier 2021
par Normandie Roto Impression
Dépôt légal : février 2021
N° 147134-1 (0000000)

Imprimé en France